さよならまでの7日間、ただ君を見ていた

東 里胡 Rico Azuma

ALPHAPOLIS
WEB CITY SINCE 2000
アルファポリス文庫

https://www.alphapolis.co.jp/

目次

真夏の猛暑日、炎天下の昼下がり。
渋谷《しぶや》、路地裏、陽炎《かげろう》通り。
交差点の向こう側で、私に手を振る人懐《なつ》こい笑顔。
君はまるで雑踏の中に咲く、向日葵《ひまわり》みたいな人だった。
高校生活最後の夏休み後半。
君と共に過ごした夏を、私は一生忘れることはないと思う。
君といた、長くて短い七日間のことを——

DAY1

「なあ、待ってえや」

いや、待つわけないじゃん。

頼むから諦《あきら》めてよ、ついてこないで、お願いだから……。

私のガン無視にもお構いなしに、横に並びこちらを覗《のぞ》き込んでくる、金髪でツリ目の柄《がら》の悪いオニイサン。

さっき出逢ったばかりだというのに、馴《な》れ馴れしいにもほどがある。

絶対に目を合わせないように、前だけを向き歩く。

危険、危険、危険！

この人に関わってはいけないと、頭の中では、ずっと黄色と黒の警告色がチカチカしている。

抑え切れない激しい鼓動が、ドックドックと耳の中まで鳴り響く。

今日の最高気温は三十六度。

体温と同じぐらいの茹《う》だるような暑さだというのに、今は寒気すら感じている。鳥肌がたっているのに汗が止まらない。ダラダラと額《ひたい》を伝っているのは冷や汗だ。それでも前だけを真っすぐに見据え、汗を拭《ぬぐ》うこともなく涼しげな顔をしてひたすら歩く。ひたすらにだ。

私には何も見えません、聞こえていません！

「そんな急がんでもええやん！　あ、そや、喉渇《のどかわ》いてるやろ？　ねえちゃん、めっちゃ汗かいてんで」

しきりに自分に注意を促《うなが》そうとしているこの男の目的。傍《はた》から見たら、ナンパじゃないのか？　と思われるだろう。もしくは、私を気遣う優しい男とか？

残念ながら、どちらも多分違う。いや絶対に違う。

「さっき目合《お》うたやん。ねえちゃんもオレ見て笑《わろ》うたやんか。なんでシカトするん？」

うっ、やはり見られていた……、に決まってるよね。

十七年間生きてきて、モテたことなど一度もなかった。

だから、彼に微笑《ほほえ》みかけられて生まれて初めてナンパされたのかと思った私の一瞬の浮かれ顔。

見られてしまっていたのかと思うと何だか腹立たしい。

この馴れ馴れしく陽気そうな男との出会いは、ほんの五分前のことだ。

信号待ちをしていた私のショートパンツのポケットの中、ブルブルとスマホが振動する。

一瞬、そちらに気を取られた時、誰かが呼んでいるような気がして顔を上げた。

横断歩道の向こう側で、同じように信号待ちをする集団の中に彼はいた。

神々《こうごう》しいライオンのたてがみみたいに明るい金髪で、他の人より頭一つ抜きん出た長身は、太陽に向かって伸びる向日葵のように見えた。

私の目には、信号待ちをしている他の誰よりも、彼の姿は鮮やかで輝いて見えて、ハッと息を吞む。

一瞬で引きつけられてしまった。

だがしかし、整った顔立ちではあれど、金髪や切れ長ツリ目のスッとした目つきは、パッと見る限り柄が悪い。

『怖い人かもしれない』という先入観が脳裏をよぎり、彼から目を逸《そ》らしかけた、刹《せつ》那《な》だった。

まるで雷《いかずち》にでも打たれたような衝撃が走る。

バチッと彼と視線が絡《から》んだ次の瞬間、背筋がゾクゾクゾクッと粟立《あわだ》つような、それでいてビリビリと痺《しび》れるような、甘く不思議な感覚に襲われた。

目と目が合ったことに気がついたのは私だけではなかったみたい。

金髪の彼は、その細い目を更に細め、大きく横に開いた口元からは人懐こく零《こぼ》れる八重歯と、愛らしいえくぼが、横断歩道の向こう側だというのにハッキリと見えた。

見た目には強面《こわもて》だと思ったのに、想像もしなかった愛嬌《あいきょう》ある笑みを浮かべて、一生懸命こちら側に両手を振っている。

一応念のためにキョロキョロと周りを見渡してから、『私だよね？』と確認するようにジェスチャーで自分の顔を指さすと。

『そうそう！　君だよ！』と言いたげに、腕で大きなマルを作ってる。

やっぱり私にだ。それが嬉《うれ》しいのと彼が可愛らしいなって思ったら、心臓がキュンと弾《はじ》けるように音を立てた。

顔に気持ちが直結しちゃって、思わず微笑み返してしまう。

きっと私今真っ赤だよね、決して暑いからじゃなくて、ね？

信号が変わったら、私がそっち側に行ったらいいのかな？

それとも待っていた方がいいんだろうか？

どうしよう、と悩んだ一瞬後、信号が青に変わった、その時だった。

「あんたのことずうっと捜《さが》しとったんや。会いたかったで」

まるで瞬間移動のように、私の目の前にスッと立っている彼。

いや、瞬間移動というか、スーッと私の真ん前まで浮遊してきたこのイケメンの足元は、道路から数センチほど浮いていた。

ちょっと待って？

私、何も視《み》えてません、視えてないです、はい。

そのまま彼を無視して、スタスタと無表情のままで横断歩道を渡ったのだった。

渋谷から井《い》の頭線《かしらせん》で明大前《めいだいまえ》まで十分、そこから京王線《けいおうせん》に乗り換えて八王子《はちおうじ》方面に向かう。

特急が停まる駅と駅の間、急行や各停しか停まらない小さな最寄りの駅。そこに着くまでの電車移動は、いつもなら途中までは快速、一つ前の駅で各停に乗り換えて三十分ほどだけれど。

今日は、目の前に停まった一時間近くかかる各駅停車に咄嗟《とっさ》に乗ってしまった。

夏休みの夕暮れ前、人はまばらな車内。端っこの空いている席に座り、ため息をつく。

一体、なんでこうなったんだろう？

ただ目が合った、それだけなのに……。

混乱する私をよそに、金髪幽霊《オバケ》は電車にまで乗ってきてしまった。

まるで私の衛星のように、付かず離れず一定の距離で側《そば》を浮遊している。

電車の中では子供のように目を輝かせ、物珍しそうにキョロキョロとあちこち見回している。

その動向に気を取られて彼の動きに見入っていたら、視線に気づかれニィッと笑いかけられた。

もちろん、その度に視線は外すけれど、視えてないフリはそろそろ苦しい。

なぜなら、友達のように私に話しかけてくるからだ。

厄介《やっかい》なのは話の内容が私への質問形式ばかりで、ついついそれに答えてしまいそうになる。

「なぁなぁ、オレって何歳ぐらいに見えとる？　ねえちゃんは……そうやな、高校生ぐらいちゃう？」

「これ京王線やんな？　んー、乗ったことあったやろか？」

無視、無視、無視！　目を瞑《つむ》って寝たふりをしようとして、思い出す。

そういえば、さっきスマホ鳴ってたっけ？

ポケットのスマホを取り出し確認すると、メッセージが入っていた。

『斎藤《さいとう》さんの英語のノート、持って帰ってきちゃってるんだけど』

クラスメイトの今野《こんの》さんからのメッセージには写真が添えられていて、それは確かに私のノートのようだ。

『どうする？　学校あたりで待ち合わせる？』

今野さんの家は、私とは逆方向じゃなかったかな？

確か新宿《しんじゅく》まで出て、そこからJRに乗り換えて二十分とか。

京王線沿いで各停に乗っても三十分かからない私と比べて遠いな、と思ったことがある。

ただ夏休みだというのに学校まで行くのは、正直面倒くさい。

ならば郵送で送るという手も、と返信しようとしたら、すぐにまたメッセージが送られてきた。

既読になったのに気づいたみたい。

『夏休みできっと忙しいとは思うんだけど、私のノートは斎藤さんが持ってると思うの。だから、なるべく早く交換させてほしい』

……、そういうこと⁉

私と今野さんのノート、取り違えてたってことなのか。

多分、夏休み前最後のペアワークの日かも。

あの日、私が今野さんのノートを写させてもらって、終わった後「ありがとう」と返した覚えがあるもん。

今野さんのノートだけなら郵送ですぐに送るね、で済ませられるも、自分のも同じようにとは中々言いづらい。

返信の指を止めたまま、画面と睨《にら》めっこしてたら、視界に金色の髪の毛が入ってきてハッとする。

スマホを伏せ見ないでよ、と無言で睨んだら。

「それ、なんなん？　みんな、下向いて同じようなの触っとるやろ？」

彼が言う『それ』とはスマホのことのようだ。

私がしていたように、見ず知らずのおじさんのスマホをタップしようとしているが、どうやら物体には触れられないらしい。

もしかして、彼はスマホの存在を知らないの？

気づかれぬようにスマホの歴史をググってみる。

二〇〇七年のアイフォン普及が一般的にはスマホが世の中に出回ったきっかけ、らしい。

ならば、この人はその前に亡くなった人なのかもしれないってこと?

そういえば服装とか?

流行ってあるよね、その年代によって、と彼の服装を確認したものの……。

結果としてわかったことは、『何もわからない』ということだけだった。

だって、彼の着ている服は、年代には関係なさそうなんだもの。

この人は、多分建築関係などの職人さんなんだと思う。派手な紫色の裾《すそ》広がりになっており、足首でキュッと締めるタイプの特殊な作業ズボン。

この手の作業着って、何年前だろうが変わりないんじゃないだろうか?

上に着ている黒い無地のTシャツからも、年代を推測するのは不可能だ……。

それにしても……。

マジマジと彼を観察していて気づいたこと。

身体《からだ》つきは細身なのに、ピッタリとしたTシャツの上からも想像できてしまうしなやかな筋肉。

半袖から伸びた上腕二頭筋は太すぎず、かといって細すぎず、実践でついたのだろう筋肉がキレイに露出している。

男性の筋肉をじっくり観察する機会のなかった私は、食い入るように見つめてしまってから視線を慌てて逸らす。

ヤバい、気づいているのがバレたかも！　そう思ったのは、また目が合ったから。

どうしよう、筋肉に、めちゃくちゃ見惚《みと》れていたかもしれない。

だらしない顔を見られたんじゃないだろうか？

顔が赤い気がして、パタパタと手のひらで風をあおいだ。

「なあ、大事なことやから確認したいんやけど」

不安げな視線で私を見つめる彼にドキッとした。

まるで縋《すが》るような大型ワンコの視線。それはズルイ、私は弱い。

どうしたの？　なにか困っていることでもあるの？

そう声をかけそうになってしまった次の瞬間。

「今まで彼氏っておらんやんな？　多分、ちゅうか絶対アレやんな？　男性経験のない処じ」

「‼」

瞬間、自分自身の怒りを制御できなかった。

持っていたバッグを、金髪幽霊《オバケ》を殴るかのようにブンッと振る。

だがしかし、バッグは実体なきものを捉《とら》えることなく、突如暴れ出したヤバイ女子高生は、電車内の注目を一身に浴びてしまったのだった。

幽霊《オバケ》ってだけでも、絶対に連れて？　憑《つ》れて？　とにかく連れて帰りたくないものナンバーワンだというのに、デリカシーを生前に置き忘れたような幽霊《オバケ》ってどうなのよ？

純情無垢《むく》な女子高生に向かって『処女《おとめ》』かどうかの確認とか本当にあり得ないと思う。それでもかまわず彼は続ける。

「なあ、ほんまに堪忍《かんにん》やで？　事情があってな、そのあたりを聞いてくれたら納得すると思うんやけど……聞いてくれへん？」

聞きたくない、とブンブンと頭を振ってから、反応してしまったことにまた後悔をする。

こちらが本気で怒っているということに、ようやく気づいた彼は、電車から降りた私の後をつかず離れずついてくる。

ああ、やっぱり私に憑いてるんだ。

堪忍、堪忍、と私の顔を覗き込んでは謝っているけれど、絶対に、さっきのことは許してなんかあげない。

どんな事情があろうとも私には関係のないことだもの。

大体、幽霊《オバケ》のお願いなんか聞いたら最後、取り憑かれて私までおかしなことになってしまうかもしれないじゃない。

頼むから、とっとと成仏《じょうぶつ》してほしい。

というより、黙って渋谷に帰れ。引き返してくれ。

能天気な笑顔から、ふんっと顔を背けた。

＊＊＊

一応東京、だけど二十三区外の私の住む街には、山がある。

天狗が住むと言われている御山《おやま》も近くにはあって、東京都とは名ばかりの自然が豊かな地区。

駅前にも駅ビルや商店街はないが、小さなお店やスーパーがあるから不便ではないものの。

取り立てて観光するような場所もないし、ショッピングモール？　なにそれ？　おいしいの？

彼にとっては、見たことのない場所なのか、キョロキョロと辺りを見回しながら、私の後をついてきていた。

改札を抜け階段を下り、交差点を渡る。

秋には紅葉する銀杏《いちょう》並木を山の方に向かって十分ほど歩くと、見えてくる小さなお寺。

住宅街の一番外れにあるそのお寺こそが、私の住む家だ。

帰宅して私が真っ先に向かったのは小さな古い家の玄関ではなく、寺の本堂の方。

夕方のこの時間はそこで経を読んでいるだろう、じいちゃんのところだ。

「お寺さんやん！」

そうだよ、本来なら、君らが眠ってるべき場所だよ。

物珍しそうに墓所を見渡しながら、私の後をついてくる金髪幽霊《オバケ》に、私は返事をしないまま、スタスタと歩く。

墓所に向かい開けっ放しの扉から本堂の中を覗くと、読経するじいちゃんの背中が見えた。

香ってくる線香の煙と匂い、ご本尊様に手を合わせて夕刻の経を唱えているじいちゃん。

遮《さえぎ》るのは申し訳ないけれど、こういうのは早い方がいい。

「じいちゃん、お塩お願い。それとお祓《はら》いも」

ただいまより先に言い放った私の言葉に、振り返ったじいちゃんはこちらを見て目を丸くし、小さく頷《うなず》いた。

「確かこの辺りに、……うん、あった」

ご本尊の前にある引き出しをゴソゴソと漁《あさ》った後、入り口にじっと佇《たたず》む私のもとへと歩いてきたじいちゃんは、神妙な面持ちで。

「また、か」

「うん、また」

「じゃあ、こっちに背中向けて、はい祈って」

指示通り背中を向けて手を合わせる。

じいちゃんは小声で長々と念仏を唱え、それから私の背中を塩で清めた後。

「破《は》ッ！」

仰々《ぎょうぎょう》しく気合いを入れて、ジャランッと数珠《じゅず》を鳴らした。

「よしよし、これで大丈夫なはずじゃ」

大仕事をやり遂げたようにニッコリと微笑むじいちゃんには、大変言いづらい報告がある。

何が大丈夫なの？　じいちゃんの隣で幽霊《オバケ》が変顔して笑ってるよ。

ミリ単位も成仏なんかしてないし、むしろふざけ倒している。

睨んだ私に首を竦《すく》め、一瞬だけ申し訳なさそうなふりをしても、こっちは一部始終あんたの悪ふざけが視《み》えてるんだからね？

じいちゃんには自分の姿が視えてないからって、嬉しそうにアッカンベエとかしてたら本気でバチが当たるんだから。

私の舌打ちに気づいて、ハハッと笑って誤魔化《ごまか》しても無駄よ。

聖職者にそんな態度取ってたら天国になんか昇れないんだからね
じいちゃんのお祓いで彼らが剥《は》がれた例《ため》しがなかったし、気休めでしかないのはわかってはいたけど、ダメージゼロな彼のチャラけた態度に眩暈《めまい》がする。

私の知っている大体の幽霊といえば、黒く不気味に蠢《うごめ》いて、何となく人型を形成している影みたいな感じ。

雰囲気や声などで、男女か老人なのか若者なのかなどを見分けるぐらいで、ぼんやりとつき纏《まと》ってくる彼らのことは、視えない聞こえないフリで、やり過ごすことができていた。

そりゃ、いなくなるまでの憑かれている間は、金縛りや、体調不良、声にならない声が聞こえてくるから寝不足になるし、多少の我慢はしなくちゃいけなかったけど、数日のことだからと割り切っていた。

でも彼らは、ぼんやりとしていたからこそ、やり過ごせていた。ここが大事なとこ。この幽霊《オバケ》もいつか同じようにいなくなるはず、と我慢しようと思ったけれど、こんな能天気なニュータイプは初めてで正直戸惑っている。

そういえば出逢いから、いつもとは違っていた。

なにより、この幽霊《オバケ》はうるさいくらい笑って喋《しゃべ》る。関西弁も相まって、まるでお笑い芸人のようだし。

一番ハッキリと違うのは、まるで生きている人間のように私の目には映っているというリアル感だ。

少し日に焼けた肌、腕に残る治りかけの傷跡、左目の下の小さなほくろまで、こんなに鮮やかに視える幽霊《オバケ》なんて初めてだった。

本堂を出た後も側を離れず、私の部屋にまで入ってきちゃった彼を見て、ため息が出る。

だって、突然我が家に若い男が同居しに来た感じなんだもの。

絶対に無視できそうにない女子高生にとっての大問題が、そこに勃発《ぼっぱつ》する。

どこまでもついてくる彼に覚悟を決めて、だけど独り言のように脱衣所で伝えた。

「これからお風呂に入るの。脱衣所《ここ》で背中向けてることは、できるよね？　それくらいは、できるはずだよね？」

風呂場と脱衣所くらいが彼と離れていられる限界の距離だろうけれど、それでも一緒に風呂に入られるよりは絶対にマシだもの。

私の大きな独り言を聞いて、目を見開いた彼。

「ちょっと待ってえや、そんな信用ないん？　当たり前やろ！　絶対、絶対、絶対、見いひん‼」

少し怒ったように口元を膨らませた顔を見せて、こちらに背を向けると自分の手で目元を隠して体育座りをした。

あれ、もしかしてプライド傷つけちゃったりしたかな？

ほんのちょっとだけ申し訳なくなって、思わずその背中にもう一声かけてしまう。

「そのまま、ちゃんと待ってられたら、あなたの話聞いてあげる。お風呂から上がったらだけどね」

「ホンマに⁉」

服を脱ぎかけていた私の方を嬉しそうに振り返った彼を睨んだら、「堪忍」とまた小さく座り直す。それを見て、言うことはちゃんと聞いてくれるんだ、と少し安心した。

彼が本当に振り向かずにじっとしているのかを横目で確認しつつ、用心しながら風呂へと入る。

まだ絶対的に信用したわけじゃないから、通常の二倍以上は早風呂になる。

いつもの、一度身体を洗ってから半身浴して、髪を洗ってトリートメント、また温まっての三十分入浴ルーティーンを大幅に省く。

いきなり頭を洗って本日はトリートメントは無し、長い髪の毛が絡むのがイヤで日々欠かせないお手入れよりも、今日は乙女の恥じらいを選ぶ。

その後さっさと身体を洗ってシャワーで流して、ものの五分で入浴終了、風呂に入った気がしない。

「出るからね？　着替え終わるまでこっち向かないでよ」

「わーっとる！」

そっと顔だけ出した脱衣場。

私がお風呂に入った時と同じ姿勢のまま一ミリも動かずに、そこに彼がいたことは、今後の信頼関係に少し希望をくれた。

こんなにもハッキリクッキリ視《み》える幽霊《オバケ》。

しかも年齢がそんなに変わらなそうな異性？　が、消えていくまでの同居のために、今後一番必要なものは、ルールと信頼関係である。


「名前と年齢、教えてもらってもいい？」

こんなことを幽霊《オバケ》に聞くのは初めての体験だった。

だけど存在が生々しすぎる彼を呼ぶ時に、必要だなと思ってしまったから。

だからこそまずは名前を知りたい。呼び方は苗字にサン付けで良いだろうか。

女子高生にしてはきっとシンプルすぎて、可愛い物なんか何もない白とペパーミントグリーンで統一された質素な部屋を興味深そうに見回していた彼は、こちらを見てニッと笑って、それから。

「オレって……何歳に見えてんの？」

笑顔はそのまま困ったような顔に変わる。

いや、そんな顔されても私の方が困ってるんですけど。

質問に質問で返すとか、面倒くさいやり取りは止《や》めてくれないかな。

さっさと答えてほしい私はその答えに少し苛立《いらだ》ったけれど、彼の次の言葉を聞いた瞬間に、頭が真っ白になる。

「わからへんねん、自分がナニモノなんか」

……、すみません、私にもその意味がわからないのですが？

「なんで？」

自分のことなのに？

どうして？　幽霊《オバケ》って、みんなそういうものなの？

死んじゃったら、自分のことがわかんなくなっちゃうものなんだろうか。

困惑しながら、彼の次の言葉を待っていたら。

「あんな？　気づいたら、あの横断歩道のとこに立っとってん。もうどんぐらい長く立っとったかわからんのやけど。んでな、先輩らが言うには」

「ちょっと待って、先輩って？」

「先輩は先輩やで。オレよりも先に、あの場所におったから先輩になるんや。何年か前までは、先輩らもいっぱいおったんやけど、もうおらへんのよ。気づいたら後輩ばっかで、今はオレが一番古いみたいやな」

先輩、後輩、一番古い、少し頭が混乱してくる。

つまりはあれか？　あの場所にはこの人の他にも、幽霊《オバケ》が存在してたってことなの？

目の前にいる一体の幽霊《オバケ》に対しては、リアルっぽい見た目だし、慣れ始めたせいか何の感情も湧《わ》かないのに、無数にいる彼らを想像したら鳥肌が立った。

「ほいでな？　先輩も後輩もみんな名前があったのに、なんでかオレだけ名前が最初っから無いねん。無いっちゅうか、多分やけど、忘れてるんか……覚えてへんのよ」

ポリポリと困ったように頬《ほお》を掻き、アハハと乾いた笑いでため息をつく仕草《しぐさ》を見れば、あながち嘘《うそ》を言っているようには見えない。

「んで、先輩も後輩もみんな怪我してんのに、なんでかオレだけ全然怪我してへんかってん。あ、全然ちゃうな、後ろ頭にタンコブはあるわ！　せやけど、先輩らはな」

一人は足があっちの方向を向いてたりと、詳しく話し出そうとするのだけは「もういい、わかった」と阻止した。だってエグすぎる。

「本当に何も覚えてないの？　名前だけじゃなく、生前のことも？」

「そうやねん、参ったわ」

何も覚えていないという心細そうな状況に、ショボンと俯《うつむ》いた彼が気の毒に思えてきた。

私が彼のことで知っているのは、話し方からして多分関西人であること。

若いということ。建設系の職業の人だということ。

二〇〇七年より前に亡くなっているらしいこと。

あと間違いなくイケメンの部類だということ、これはまあさておき。

自分の名前すらわからない、って心細かったよね、ずっと。

「ねえ」

「うん？」

「レイくん、でいいかな？」

「へ？」

「名前、無いと呼びづらいから、だから」

「まさかとは思うんやけど、レイって」

彼の声が震えている気がして、顔を見たら何かを察して笑いを堪《こら》えているようだ。

実体があったなら、一発ひっぱたいてやりたいのを我慢して、その名の由来を告げる。

「……、そうだよ、幽霊のレイくん」

彼は、やはりと言わんばかりにブハッと盛大に噴き出して、しばらく涙が出るほどゲラゲラと笑っていた。

その姿に、もっと違うセンスのある名前にしとけば良かった、と怒りの拳《こぶし》を握りしめていたら。

「レイでも何でもええよ、呼びやすいんやったら。名前つけてくれて、おーきに」

ようやく笑い終えた彼がそう言うのであれば、名前はレイくんで決定にしておこう。

これ以上考えるのも面倒だし……、いや、それしか考えてなかったから。

レイくんは、ポツリポツリと自分の知っていることを話し始めた。

彼があの交差点に立ってから今日までのこと。先輩たちから聞いた話、オバケの世界での決まり事や、一番大切なことを。

「気がついたら交差点の前に立っとってな、ほんで青なるやん？　渡るやん？　でも渡り終えた思うたら、また元の場所に立ってんねんな」

『なんでやねん』

オレは横断歩道を渡ったはずなのに、また元の場所へと戻っていた。

最初は何が起きているのかわからずに、何度も何度もそれを繰り返していると。

『兄ちゃん、無理だって！　何回やったって、どうせまたここに引き戻されるんだから』

声をかけてきたのは、頭がパックリ割れた中年サラリーマンだった。

『う、うわあっ‼』

あまりに突然のグロいビジュアルに、飛びのいた。

それなのに周りにいる人たちは、オレの悲鳴にも、そのサラリーマンの異様な風貌にも興味を示すこともなく、スタスタと信号を渡っていく。

なんでなん？　この変なおっさんのこと、見えてないん？

何や、この違和感。

意味がわからず、周りを見回した。

電柱にもたれて俯いている、血だらけのばあちゃん。

膝から下の足が無いせいか、這《は》いつくばって信号を渡ろうとしている郵便屋さん。

体半分が潰れたようなジイさんが乗る車椅子の車輪は、ひしゃげているし。

あらぬ方向に足の曲がった赤い口紅のＯＬさんはイライラと爪を噛《か》み、脱げたヒールを履こうとしている。

……何やねん、これ……。

この人ら、なんかおかしいやろ！

ここから逃げなアカン。

恐怖心を押し殺し、ふらっと後退《あとじさ》ったその瞬間、脚がよろめき、赤信号の横断歩道に飛び出てしまった。

ああ、こりゃもうアカンわ……。

スロモーションのように近づいてくるダンプカーに身動きできずに目を瞑る。

……これ、絶対死ぬやつやんな。

死ぬのを覚悟して数十秒。

いつまで待っても痛みも衝撃も感じぬまま、恐る恐る目を開けてみると。

ダンプカーはとっくに通り過ぎ、次に来た車もトラックも、バイクですらも。

自分の身体の中を通り抜けていく。

ぶつかるように走ってきては、何事もなく通り抜けていくのだ。

オレの身体、どないなってんねん？

衝撃的な体験に立っていられず、ヘナヘナとその場に座り込んだ、はずだった。

座り込んでようやくわかったのは、その下に感じるはずのアスファルトの冷たい感触がわからないということだった。

「先輩が言うには、オレはある日突然現れたっちゅうねんな、ほんでアホみたいに信号渡り続けとった、って」

レイくんの体感では二時間くらいの出来事。

けれど、その先輩が言うには、レイくんは一か月ぐらい一日に何度も必死に信号を渡っていたとか。

どうやらあの場所に集《つど》う、いや離れられない人たちは何かしらの原因であそこで亡くなっていて、そこから動けない地縛霊《じばくれい》と言われている霊たちであり、自分もまたその一人なのだと頭の割れたサラリーマンさんは、レイくんに教えてくれたとか。

「そのサラリーマンのおっちゃん——あ、鈴木サンいうんやけどな——その中でも一番の古株で自分が今まで見てきたことや、絶対やっちゃアカンことを新人オバケだったオレに教えてくれたんや」

彼らの世界にもルールというものがあって、新人さんは先輩からそれを教わるのが習わしらしい。

一つめ、生きている人間をむやみに怖がらせてはいけない。

時々視《み》える人がいて、あからさまに自分たちから目を逸らしているから、幽霊《オバケ》たちから見ると、不自然な態度ですぐに気がつくらしい。

ただ、そういう人たちをいたずら半分に驚かすのはご法度《はっと》で、万が一でも、掟《おきて》を破れば『あの世の地獄への扉が開く』という。

「ホンマに開いたのは見たことないんやけどな？　でも、自分らかて生きとった時は、オバケ怖かったやん？　そう思ったら、面白半分に『オバケやで』なんてやったらアカンやろ」

レイくんの言うことはもっともで、苦笑しながらそれに同意した。

二つめ、己の未練を忘れてはいけない。

未練があるからこそ、留《とど》まって地縛霊として存在できている。

未練を忘れたり、この世に執着がなくなったならば、ある日サラサラと真っ黒い煤《すす》のように消えていく。

それについては、レイくんは目《ま》の当たりにしたことがあるらしい。

「成仏っちゅう感じやなくて、なんちゅうか無に帰《き》す？　昨日まで仲良《なかよ》うしてたオバチャンがな、黒く粉々になって消えてく姿は、やっぱ寂しいもんやで」

レイくんの悲しげな目には、きっとその日の光景が浮かんでいるのだろう。

聞いている私にも伝わってきた。

三つめ、自分を迎えに来る人を待て。

それは身内かもしれないし、大切な誰かかもしれない。

自分のことを手厚く弔《とむら》ってくれる、その声や姿に耳を傾けたならばきっと成仏できる――。

「鈴木サンは、とうの昔に離婚した奥さんが手を合わせに来てくれた後、消えてしもうたんよ。でも、消える時、妙にキラキラしとったから、多分成仏できたんやろな。みんなそうやって成仏できれば一番ええんやろうけども」

レイくんは、ホウと憧れの眼差しで天を仰いだ後で、真顔になり私を見た。

「せやけどな、オレ名前わからんやん？　未練なんかも全然覚えてないやん？　でも、鈴木サンが言うには、未練があるから、多分留まってられてるらしいんや」

レイくんが言いたいことはわかった。

長い間あの場にいたとしたら、いつか自分も煤みたいに無に帰ってしまうのかもしれないと思っているのだろう。

身内が現れなかったらそうなってしまうのかもしれない、と。

いつ煤になってしまうともわからない不安の中で、今日まで耐えてきたのかもしれない。

「もうオレはダメなんかもな？　と覚悟はしとったんよ。せやけど鈴木サンがな、思い出してくれてん。鈴木サンが成仏する十日前やで、危なかったわ」

セーフとジェスチャーでおどけてみせたレイくんだったけれど、そのまま鈴木サンが成仏していたらと思うと……。

あまり深く考えてなさそうな人のよい笑顔に不安になる。

この人、生前からこんなタイプなんだろうか？

鈴木サンがレイくんに教えてくれたことは、彼が煤にならずに済むかもしれない方法だった。

『実際にオレが見たわけじゃなくて、先輩の先輩の先輩から伝わってきた話だからな？　嘘かもしれないけれど』

鈴木サンがそう前置きして、レイくんに教えてくれたこと。

『兄ちゃんみたいに、自分が何者かもわからん場合、その霊のために、たった一人運命の子が現れるって聞いたことがあるんだ』

レイくんにとっての運命の女の子。

出逢った瞬間に絶対にわかるらしいと鈴木サンにそう言われていたのだと。

「あんたに一目会った瞬間に、電気が走ったみたいにビリビリッとしたんや。絶対この子やって、間違いないって！　なあ、あんたもそう感じひんかった？　オレのこと見て何も感じんかった？」

レイくんの縋るような目を見ていられずに、わからない、と小さく答えた。

嘘だ、本当はあの時、私もまるで雷に打たれたように——。

言えない、認めたくない。私がそんな大それた役を背負うなんて自信がないもの。

返事をしないでいる私に、レイくんは話を続ける。

運命の子はレイくんの未練が何かを探してくれるという。

その子は、汚れ無き処女《おとめ》であり、レイくんの声を聴き、成仏にまで導いてくれる存在らしい。

……まあ、その、汚れ無きナントカってのは当たってる、悔しいけれど当たってます。

でもそれは仕方がないことだと思うの、中高一貫の女子校なんだもん、と言い訳はしておく。

でもね、実際は女子校だって彼氏がいる人はいるし、それなりに経験あったりもするから、私みたいなのは化石のようなものだったりもするんだ。

彼氏なんてできたことないし、男の子と話すのなんか実に小学校の時以来だもん。

だから、汚れ無き化石が条件の一つなのは仕方がない。

レイくんの声が聞こえるのも、何ならハッキリ視《み》えちゃってるし、全ての条件が一致してしまったのが、不運にも私で、たまたまあの場所を通りかかって、目と目が合っちゃっただけ、と思いたいけど……。

こういう不思議体質だって、拒否できるもんならしたかったけど、視《み》えちゃう体質は、血筋だから諦めてはいるんだ。

私は住職《じゅうしょく》であるじいちゃんではなく、五年前亡くなったばあちゃんに似てしまったのだ。

元々この寺で生まれたのはばあちゃんであり、じいちゃんは婿養子《むこようし》となってお寺を継いだ。

じいちゃんは、町の人に慕われている住職ではあるけれど、実のところ霊感は皆無、視えていたのは、ばあちゃんの方なのだ。

小さい頃の私は、今こうしてレイくんの姿を視ているように、そういう類《たぐい》の人たちの姿が割とハッキリと視えていた。

三歳ごろの記憶だろうか。

ある日、境内《けいだい》の墓石に座っている白い着物のおばさんと話していたら、ばあちゃんが私を見て困ったように笑って。

『そうかい、視えちゃうのかい』

ごめんね、と私の頭を撫《な》でた。

ばあちゃんが、そのおばさんに二言、三言、何か話しかけると、おばさんは頷き優しく微笑んで、そしてお空に消えていった。

まるで光る雲に呑み込まれていくように、キラキラと薄くなって上空へと消えていく姿は、今も目に焼き付いている。

『怖がらないであげてね。大体が悪い人じゃないからね』

ばあちゃんが何をしたのか、私にはわからなかった。

その後も何度か見かけた光景だったけれど、ばあちゃんが何をしていたのかはわからないまま。

ただ、ばあちゃんに話しかけられた人たちは、満足そうな笑みを浮かべてキラキラしながら消えていった。

もしかしたら、ばあちゃんは魂が行くべき道を教えてあげてたんじゃないかな……。

さっきレイくんも『鈴木サンがキラキラして消えていった』って言ってたし、多分あれが成仏するっていうことなんだと思う。

「あのな、一番重要なんはここからなんやけどな？」

昔のことを振り返っていた私は、レイくんの言葉で我に返る。

まだ大事な話があるようで、今まで以上に真剣な表情を浮かべたレイくんが、真っすぐに私を見つめていた。

「運命の子に会《お》うてしもたら、オレがここにおられるんは一週間だけらしいんよ。未練がわかって、それを浄化できれば成仏。できなきゃ煤になるんやって」

「なんで⁉」

「そんなん知らんわ、鈴木サンかて、又聞きや。先輩の先輩の先輩の話らしいしな」

レイくんは漫才のボケみたいに、とぼけて笑った。

だけど寂しそうな目は隠せていない。

諦めているようなその顔に、笑い返すことなんかできないよ。

「でも、ええねん、もう。煤になってもうたとしても」

一瞬見せた寂しそうな表情が、最初に出逢った時のように、八重歯を零《こぼ》したあの屈《くっ》託《たく》のない笑顔に変わった。

どうして？　どうして、そんな悲しいことを笑って言えるの？

「嫌みやあらへんで？　諦めてるともちゃうよ！　あの場所から動いてみたい、ってもうずっと思うとったんよ。自分の力じゃ抜け出せんかったし、でも、あんたに出逢うてここまで来られて。ほんの一週間でもええ、違った景色を見れんねんで？」

グルンと胡坐《あぐら》をかいたまま空中で一回転して、私の目の前までぐぐっと顔を近づけて。

その端整な面立ちが私の鼻先にあって、イケメンすぎて凝視できず、目を逸らす。

「めっちゃ嬉しいんよ！　オレの運命の人になってくれて、ホンマにありがとう‼」

何の嫌みもない、ただ感謝でいっぱいの太陽みたいな笑顔を向けられると、何だか心が苦しくなる。

どうして笑っていられるの？　残された時間は、たったの一週間しかないのに。

「いいの？　未練が何なのかがわからなければ、一週間後には消えちゃうんだよ、それでも、」

「ええんよ、煤になるんか、成仏するかのどっちかやろし。どっちにしてもオレに残されたのは、今日から一週間やしな。それに」

それに？

言い淀《よど》んだレイくんを覗き込んだら照れくさそうに笑って。

「ようわからんけど。あんたが、遠い昔に会うたことある誰かに似とるような気がしたんよ。何や懐かしくて、胸の奥がギュッと温かくなるような」

ようわからんけど、とレイくんは誤魔化すように笑ってる。

「煤になったら、何も残らないんだよね？」

「せやな、けど、あんたに出逢《でお》うた瞬間に、そうなる覚悟はできとったんよ。オレにも運命の子がおったんや！　って嬉しい方が勝ってもうた」

それを覚悟と言っても、いいのだろうか？

強がって諦めて大丈夫だと言い聞かせてるんじゃないの？

自分の未練が何かわからないまま、煤になってしまうなんて、後悔しないわけがないじゃない。

彼にとっては、この世での最後の大切な一週間なのに……。

もしかしたら、もしかしたら——。

今まで私に憑いてきた黒い物体たちもそういう想いで私に縋っていたんだろうか？

ちょっと視《み》えた、憑きやすかった、だから私を運命の人だと思い込んで……？

私だって視ようとしてなかったから、小さな頃のようにハッキリしなかっただけで、彼らの運命の人だったことも、あるんじゃないだろうか？

何かしてあげられたんじゃないだろうか？　ばあちゃんのように天への道を示してあげることだけでも。

消えてしまった人たちは絶望のまま煤になってしまった、ってことだったのかもしれない……。

目の前の彼もまた、このまま何もしないでいたら、そうなるんだよね？

私が何とかしなければ、一週間後にはただ消えてしまうんだよね？

ああ、もう、そんなのって――。

祈るように拳を握りしめた。

「私、何もできないかもしれないからね」

「わーっとるって、何かせんでもええねんて」

「そうじゃなくて」

「うん？」

私の顔を不思議そうに覗き込むレイくんの、優しそうな目に決心を固めた。

放っておくことなんか、できっこないよ。

「レイくんの未練が何なのか全然わかんないし、一体ナニモノなのかもわかんないけどね。どうにかして調べたいって思うの。調べようよ、一緒に」

レイくんはただ驚いたように目を見開いてじっと私を見た後で。

「なんで、なん？　なんで？」

私が何かしてくれるなんて最初から期待してなかったんだと思う。

だからこんなに動揺し、驚いているんだろう。

レイくんにとっては、本当に違った景色を見てみたい、ただそれだけだったのかもしれない。

私の提案なんか、要《い》らぬお節介かもしれない、でもね。

「理由なんかないよ？　ただ……、どうせならレイくんにとっての最後の大事な一週間を無駄にしたくないなって思っただけだから」

私の話の意味を理解したようで、しばらく無言になったレイくんは。

「……、うわ、アカン、何やこれ」

クルリと私に背中を向ける一瞬手前で見えてしまった。

初めて知ったんだ、幽霊《オバケ》だって涙を流すのだということを。

レイくんの頬を伝う涙は、私の見てきた涙の中で一等キレイに見えたから。

触れることのできない背中を撫でるフリをして、彼が泣きやむまで側についていた。

DAY2

「なぁ、起きひんの？　じいちゃん、もう起きとるで？」

うるさいなあ……。

耳元で囁《ささや》くような声に少しずつ覚醒《かくせい》し始める。

あのね、じいちゃんが朝五時半には起きてるのは、いつものことだよ。

寝返りを打ちながら、耳をすませば外を掃《は》くほうきの音、ってことはそろそろ六時になる頃だ。

掃除が終われば、六時半には本堂での朝のおつとめが始まる。

学校がある時は、このほうきの音で目覚めていたけれど、夏休みの今、私はもうちょい寝ていられる時間なのに！

「手伝わんでええの？　じいちゃん一人で大変なんちゃうん？」

「あー、もう、うるさいよ。夏休みなんだから、まだ寝ていても、大丈夫なの。近所の檀家《だんか》のお年寄りたちも掃除手伝ってくれてるしね」

いちいち声かけないでよ、もうちょっと眠っていたいのに……って、私は誰と話してるんだ？

聞いたことのあるような、ないような、男の人の声？

そっと目を開けた先で、広がった光景に悲鳴を上げた。

「いやあああああああっ……、あ」

じいちゃんたちの耳が遠くて良かったと思う。

寝起きのガッサガサの乾燥した喉に、負担がかかるぐらいの悲鳴をあげてしまったから。

泥棒？　それとも女の子を襲う輩《やから》か？

驚いたのは、宙に浮かぶようにして、若い男が私の顔を覗き込んでいたからだ。

誰よ、あんたは何なの？　何だか見たことあるような顔を、して……？

そうだ、思い出した、レイくんだ。

昨日渋谷で拾った幽霊のレイくんだった。

ごめんね、私ときたらすっかり忘れていたらしい。

「おはよーさん」

彼はニカッと八重歯を零して笑う。

その顔は昨夜の泣き顔とは一変、希望に満ち溢《あふ》れていた。

「おはよう」

まだ眠っているつもりだったけど、そんな顔をされたら起きるしかない。

まるで散歩を待ちわびて、ご主人様が起きるのを今か今かと待っている犬みたいなキラキラした目。

「レイくん、着替えるから、あっち向いててね」

あいよ、と素直に私に背を向けるレイくん。

その背中を見ながら、Ｔシャツとジーンズに着替えていると。

「今更なんやけど、一つ聞いてもええ？」

「何？　もういいよ、着替えたからこっち向いても」

そうか、と遠慮がちに振り返ったレイくんが頬っぺたをポリポリ掻いて、私の顔をじっと見つめている。

「あんたの名前、知らんのやけど……？　何て呼んだらええんやろ？」

あれ？　そういえば、名前すらまだ伝えてなかったことに、私も今更ながら気づいて苦笑い。

レイくんの真似をするように頬をポリポリと掻いて。

「言ってなかったもんね」

昨夜あんなに色々話したというのに大事なことを忘れてた。

「斎藤結夏《ゆいか》。十七歳、高三です」

よろしくと頭を下げた私に彼は言った。

「そっかぁ、ユイカって言うんや。可愛《かわ》え名前やん、ええやん」

『可愛い』は嬉しいけれど、この名前を褒められる度に、感じる複雑な心境。

仏教用語で結夏はユイカじゃなくてケツゲと読むと知ってショックを受けた時の話はしないでおこう。

夏休みの朝、私が起きて最初にするのは味噌汁を作ること。

今日は茄子《なす》の味噌汁にしよう。

「ねえ、レイくんって、ご飯食べれたりする?」

う〜ん?　と首を捻るレイくんの前に、ご飯と味噌汁と少しの質素なおかず、それとお新香を出してみた。

仏前に供えるようなモノばかりだけど、これは我が家の定番朝食だ。

お寺さんの朝ご飯というのは、きっとどこもこんな感じ、よね?　うちだけじゃないはず。

「食うたことないんやけど、よばれてもええんやろか?」

遠慮がちに私を見るレイくんにどうぞと促して、私も手を合わせてから箸《はし》を取る。

味噌汁を作った以外は、作り置きのおかずばかり。

私やじいちゃんが作った煮豆やひじき、カボチャの煮物、檀家さんからの差し入れのごま豆腐などなど、ヘルシーで、でも栄養価は高いものが多い。

うちの冷蔵庫にはいつも何かしら入っている。

「……あったか」

温かい?

その呟きに隣に座っているレイくんを見たら、手に何かを持っているよう。

ふうふうとまるでお味噌汁をすするようなジェスチャーをしている。

レイくんに出した本物のお椀はテーブルの上に置かれたままなのに、それを持っているみたいに見えた。

落語家さんが高座《こうざ》でご飯を食べるような仕草をするのに、何だか似ている。

レイくんは、温かな味噌汁を飲み、ゆっくり味わうようにした後で、ほおっと大きく満足げなため息をついた。

グシグシッと赤く潤んだ目を擦《こす》るレイくんは、どうやら泣き虫のようだ。

そういえば昨日も結構長いこと泣いてたもんね。

「おいしい?」

「めっちゃ、うまいで! ユイカの味噌汁、気に入ったわ!」

私が味噌汁を作る間中、隣で喉をゴックンゴックン鳴らされてたら、何だかあげないわけにはいかないもん。

うまいという褒め言葉は単純に嬉しくて、気づかれぬようにニンマリとした。

本当に飲めているのかとか、温かさを感じるのかどうかはさておき、幽霊《オバケ》は自分へのお供え物を有り難く頂くということが、レイくんを観察していてよくわかった。

お墓参りに来る人たちが、故人の好物を持ってくることは、理にかなっているようだ。

「そういや、じいちゃんは?」

「朝のおつとめが終わってから、ご飯を食べるの。今日は、その頃に渋谷に出かけるつもりだけど、いい?」

「ええけど」

全然ええけど、という顔ではなく、浮かない表情のレイくん。

例えるなら、インフルエンザの予防接種前の子供のような、はたまたテスト前の私みたいな顔をしているのだ。

憂《うれ》いが前面に押し出された顔をして、明らかに『行きたくない』と思わせる、大きなため息をつく。

「行きたくないの？　レイくんのこと調べに行くんだよ」

行先は昨日私たちが出逢った渋谷の交差点だということを、レイくんには昨日の夜説明しておいた。

「行ったら……、またあの場所に縛られるんちゃうやろか？」

なるほど、それで浮かない顔をしているわけか。

嫌なことがある前の子供みたいな不安顔、そりゃそうだよね。

長い時間あの場所にいて、やっと解放されたというのに、昨日の今日ですぐにまたあの場所に縛られてしまったなら……。

レイくんの躊躇《ちゅうちょ》している理由が、よくわかった。

「大丈夫だとは思うんだけどね？　もし万が一、万が一だよ？　あの場所がレイくんを引き付けてしまったとしても、絶対に私が連れて帰るって約束する」

自信なんかないけど、レイくんの運命の子が私ならきっとそれができる。

そっと差し伸べた私の小指。

レイくんはその意味に頷いて、実体のない小指を絡めた。

「ほなユイカに全部任すわ、よろしゅう頼んます」

仕方なさそうに笑うレイくんに、強く頷く。

レイくんの一週間は私が責任を持つって、昨日の夜、レイくんの涙を見て決めた。

私がレイくんに、できることをしてあげたいって。

だからもうあなたを一人になんかしないからね。

＊＊＊

「暑い～」

早朝だというのに、今日も既に気温が高く、これからもっと上昇するだろう。

天気予報では昨日よりも暑くなるとか、ならないとか。

突き抜けるような真っ青な夏の空を、目を細めて恨みがましく仰いだ。

そういえばレイくんには、暑さとか関係ないんだろうな。

私とは正反対の涼しげな顔のままで、駅までの道をついてくる。

「レイくんってさ、多分関西人だよね？　多分というか、きっとね」

「喋り方？」

「そう、イントネーションが私とは全然違うし」

「う〜ん、わからんけどユイカのようには喋れんわ。むずい」

東京の言葉を真似しようとして全然様《さま》にならないレイくん。

それを見て笑っていたら、前から歩いてきた人が、私を怪訝《けげん》な目で見ていることに気づく。

うっ、そうだった。笑いを引っ込めて真顔をつくる。

レイくんが視《み》えているのも、話せるのも私だけってことは……。

レイくんと会話をしている様子は、はたから見れば独り言《ひとりご》ちて笑っている不審者にしか見えないだろう。

「レイくん、目的地に着くまで今から無視します、ごめんね」

ん？　と私の言葉に、何か考えてから理解したようで。

「了解」

おどけた笑顔のレイくんに釣られて笑いそうになっちゃって、また必死に顔を引き締めた。

隣の駅で一旦降りて特急に乗り換えて二十分、そこから井の頭線で渋谷まで十分。今日は各停じゃないから、昨日の倍ぐらい速く移動できる。

ブルブルと震えるスマホの振動を感じ、ポケットから取り出した。

また、今野さんだった。

『今日って時間ない？　私、学校の方に用事があるんだけど』

しまった！　私、昨日から返事してなかった。

『ごめんなさい、これから渋谷に行くの。帰りは夕方かもしれなくて……、本当にごめんなさい』

慌てて打った返事にすぐに既読がつく。

『わかった。じゃあ、斎藤さんの都合のいい日、教えて。届けに行くから』

今野さんからの返信に頭を抱えた。

実のところ、学校では家がお寺さんであることは言っていない。

別に、お寺をしていることが恥ずかしいわけじゃないの。

でも、どうしたって神社さんに比べたら、ちょっと陰《いん》なイメージがあって。

学校でも友達らしき友達もいないし、一人でいることに慣れてしまっている私だから、今さらイメージを気にしたって仕方ないんだけど。

何だか今野さんに知られるのはイヤだった。

出席番号が前後する私たちは、英語や数学のペアワークの時にだけ話をする。

地味で目立たない私とはまた別の意味で、今野さんもクラスでは浮いている人だった。

とにかく、キツイ人なのだ。

嫌なことは嫌だとハッキリ言ってしまう性格ゆえに、周りから敬遠されがちで、私も苦手だった。

なんでもそうだねって同意して、嫌われないようにほどほどの距離感を置く私のことを、今野さんも苦手だと思ってるはずだ。

クラスで下の名前で呼ばれないのは、私と今野さんだけなことも、多分お互いに気づいてる。

偶然でも、私たちがペアワークを組んだことに、他のクラスメイトが安心していることにも。

『家に帰ったら、日程確認するね、待たせてごめんなさい』

既読になった私のメッセージに返信はなく、せめてスタンプでＯＫと送るだけでも可愛げあるのに、なんて思ったけど。

そういうのがないのが今野さんらしいな、と思った。

駅を降りてから、昨日レイくんを連れ帰ってしまった道を逆走し、同じルートを辿《たど》り、例の交差点へと向かう。

昨日は、うちのじいちゃんに頼まれて、渋谷にある安念寺《あんねんじ》の住職にお中元を届けに行った。

その帰り道に、この交差点でレイくんを拾ったのだ。

並んで横断歩道の前に立った瞬間、今朝までの不安そうな顔はどこへやら。

レイくんは懐かしそうに目を細め、手を上げて笑う。

「お〜！　昨日ぶりやんっ！」

誰かと話し始めたレイくんの様子を見るに、相手は後輩幽霊《オバケ》さんなのかな？

楽しそうに笑っているレイくんの周りに、私も目を凝《こ》らしてみたら、視《み》えてきたのは、黒く蠢く方々が複数人。

あれ？　うわ、ちょっと数が多すぎない⁉

私にはレイくん以外の方はハッキリと視えないし、それで良かったと今日ほど思ったことはない。

だってレイくんの話によると、実態は相当グロい感じがしたもの。

自分から視ようとしたのは初めてだったけど、こんな世界が四六時中続いたならちょっと耐え切れないかもしれないな。

「おお、おっちゃん、元気しとった？」

彼らに楽しそうに話しかけている様子に、やはりレイくんはそっち側の人なんだよな、と再認識する。

こんなに鮮やかに見えていても、レイくんと私の境界線を強烈に思い知らされた。

そんな光景の中、ふと視界にとらえたのは、歩道の端にある小さなお地蔵さんだった。

昨日は見落としていた？　それとも気づかなかった？

どうやら、交通安全祈願のために祀《まつ》られたもののようだ。

レイくんの話によると何らかの事情でこの場所で亡くなり、ここから動けない地縛霊ばかりだというし。

お地蔵さんに近づいて手を合わせ、その土台の裏側を見た。

昭和五十二年と刻まれている、ここにお地蔵さんが置かれた年かな？

他には取り立てて手掛かりなし。

さて、どうするか？　わかる人がいればいいのだけれど……。

しばらく考えて、とある人の顔が浮かんできた。

楽しそうに話をしているレイくんの話の腰を折ってしまうのは申し訳ないけれど。

「レイくん、ちょっと付き合ってくれない？」

レイくんは二つ返事でええよ、と私の後についてきてくれた。

行先は私が昨日訪れた場所、安念寺の太田政《おおたまさ》住職こと、政《まさ》ジイちゃんのところだ。先ほどの横断歩道から歩いて五分、ここは本当に若者の街渋谷なのか、というくらい夏の陽ざしをたっぷりと受けた深緑の樹木に覆われた境内。

聞こえてくるのは、その境内の大きな木にひっついている何匹もの蝉の合唱だけ。

昨日同様、ジージーとけたたましく鳴いていた。

時計はまだ十時を過ぎたばかり、この時間ならいるはずだとは思うんだけど、と家のインターホンを鳴らしてみた。

二度、三度、鳴らせど何の反応もなくて、本堂の方を覗いてみても政ジイちゃんの気配はなし。

もしかしたら、急な御依頼《ご不幸》があったのかもしれない。

政ジイちゃんは一人暮らしだから、留守番の人もいないし伝言を託すこともできないし。

うちのじいちゃんよりも少し若いせいか頼りがいもあるし、政ジイちゃんに聞いたら、何かわかる気がしたんだけどなあ。

「ごめん、留守みたいなの。お昼過ぎにもう一度来てみたいんだけど、いいかな？」

「ええよ。それまで、どこ行こか？」

「まださっきの場所で誰かと話し途中だったんでしょ？　戻ろうか」

ありがとう、と笑みを浮かべ嬉しそうに私の横を歩くレイくん。

その横顔を、気づかれないようにそっと見上げた。

空中に浮いてる分を差し引いても、百八十センチくらいはありそうな背の高さ。

スリムな身体つきや、笑うと優しそうに細くなる目。

やっぱり、イケメンだなあ、と思わず見惚れてしまっていたら、レイくんが私の視線に気づいたようにこちらを向く。

慌てて足元に目を泳がせ、顔を隠すように俯いて隣を歩いたのだった。


「ばーちゃん、昨日は心配かけてもうて堪忍やで」

交差点まで戻ってきたレイくんの側にいるのは、おばあちゃんの霊？

私には黒いモヤモヤにしか見えてないけれど、レイくんがしゃがみ込んで話しかけている姿を見ると、おばあちゃんは小柄な人なんだろう。

時折心配そうに首を傾《かし》げながら話しかけているレイくんの様子に。

「誰と話してるの？」

と、恐る恐る聞いてみた。

基本的にこういった類は無視してきたから、今更直接話すのも怖い。

あ、既にレイくんは別物として置いておくとして。

私には聞き取れない霊同士の会話をしているみたいで、何となく気になっちゃったんだ。

だってレイくんが、とても優しい顔をしてるんだもん。

「ん、ばーちゃん……、とはいえ、オレのばーちゃんやないんやけどな。オレのこと、息子に似とる言うて、めっちゃ可愛がってもらってて」

私にだけ聞こえるように、小さな声でレイくんは教えてくれた。

どういうこと？　と首を傾げたら、おばあちゃんと出会ったある日の光景を話してくれた。

今レイくんの隣にいるのは、小さなおばあちゃんらしい。

数年前、激しい雨の中、一台の車がスリップしたのをレイくんは目撃した。

運悪く対向車のトラックと正面衝突、グチャグチャに潰れた車の中から、天に昇っていく一筋の光を見たそのすぐ後。

同じ車から這い出してきたおばあちゃんは、交差点の横に立ってたレイくんを見つけて、微笑んだらしい。

事故は嫌だ、本当に嫌いだ。

胸の奥がズキズキ疼《うず》く。

痛みを必死に抑え込みながら、それが表情に出ないように説明を聞いた。

「昨日からオレのこと捜しとったみたい。急におらんようになったから、ばーちゃんずっと心配しとったんやて」

少し泣きそうな顔をするレイくんを見ていたら、私にも寂しさが伝わってくる。

レイくんが、私に憑いてきちゃったから会えなくなってたんだもんね、なんだか責任を感じる。

どうしよう、こういう時どうしたらいいだろう？

私に、できること――。

『怖がらないであげてね、大体が悪い人じゃないからね』

亡くなったばあちゃんの言葉を思い出す。

うん、わかったよ、ばあちゃん。

心を決めて、初めて自分から接触してみようと思った。

すうっと深呼吸して、レイくんがおばあちゃんだという黒いモヤに焦点を絞る。

その姿に目を凝らし、祈るように手を合わせていると徐々に浮かび上がってきたのは、小さなおばあちゃんが、レイくんの腕に掴《つか》まってニコニコと私を見上げている姿だった。

白髪で、優しい目をした腰の曲がったおばあちゃんと目を合わせた瞬間、声が聞こえた。

『あんたが、この子の運命の子かねえ』

この子? レイくんのこと?

頭の中に直接響いてくるのは、このおばあちゃんの声のようだ。

ああ、そう、そうだった。昔はこうやって視《み》えて、話もしてたんだ。

ずっと聞こえないように、視ないようにしていたから、この感覚を忘れてしまっていたんだ――。

『ねえ、結夏ちゃんって、オバケが見えるんだって。怖い～!』

小学生の頃、仲の良かった友達に幽霊《オバケ》のことを話したら、気味悪がられてみんなに言いふらされた。

『結夏ちゃんって、嘘つきだよね。変な話しないでよね、気持ち悪いから』

そうして、私の周りから、友達が離れていった。

だけど、嘘なんかついていないのに。本当に視えるのに。

でも、こういう話をしたら、嫌われるんだなってわかった。

視える私って変なのかもしれない。

それ以降、その手の話をしないように気をつけていたけど、一度ついた『気持ち悪い』のレッテルは剥がせなかった。

中学校受験をした理由はそこにある。

あの頃の友達とは今はもう一切連絡を取ってはいないけど、私の中に深く刻まれてしまっていたから。

『視ないように、聴かないように』

自分でそのチカラを閉ざして関わらないようにしようとしていたけれど、小さい頃はこうして、みんなと話もできていたんだよね。

「こんにちは、おばあちゃん」

レイくんに倣《なら》って、私もおばあちゃんと同じ視線の高さに合わせしゃがんでみた。

『はい、こんにちは』

おばあちゃんは優しい笑顔で、私に挨拶してくれた。

小さくて可愛らしいおばあちゃんだった。

こんな優しそうな人が、レイくんがいないことを心配して、捜していたのかと思うと胸が痛む。

だけどレイくんには、今日を含めて六日しか残ってないし、必然的に私に憑いてくるようになってしまったみたいだし。

だからおばあちゃんとは、どうあっても離ればなれになってしまうってことだ。

これからまた寂しくさせてしまうと思うと辛いけど、だからといって私までここに寝泊まりはできないし……。

どうしたらいいものかと、空を見上げた瞬間、キラリと光るものが目に飛び込んでくる。

それは見たことのある虹色の不思議な光だった。

うちのばあちゃんが見せてくれたあの光景がふと甦《よみがえ》る。

あの時、ばあちゃんは確か——。

私は、その光を指さした。

「ねえ、おばあちゃん。あれって息子さんじゃない？」

不思議な光は、おばあちゃんを包み込むように伸びていた。

真夏の炎天下のギラギラした太陽の光とはまるで違う柔らかな光。

本当はきっとずっとおばあちゃんの真上にあったのに、気づいてなかった？

ううん、きっと気づいてたに違いない。

それでもおばあちゃんが息子さんと一緒に行かなかった理由は、レイくんのことを孫のように思い、心配していたからだろう。

じんわりと優しい光を、しばしじっと見つめていたおばあちゃんは、私に頭を下げてレイくんに手を振る。

「ばーちゃん、どこ行くん？」

おばあちゃんはレイくんの声には答えず、私の示した光の中に、愛しいものを見つけたように、目を細め満足げに微笑んだ。

レイくんも私やおばあちゃんに倣うように空を見上げているけれど、どうやらそれは見えないらしい。

そうか、これはおばあちゃんだけの道なんだ。

きっと息子さんはずっと側にいて、おばあちゃんが一緒に昇るのを待っててくれていたんだね。

『この子のことを頼みますね』

私にレイくんを託し、空に向かい手を伸ばしたおばあちゃんを優しい光が包む。

『母さん、行こうか』

どこからか優しい男の人の声が聞こえて。

スーッと光に包み込まれたおばあちゃんは、キラキラと輝いて少しずつ、その姿を消していった。

まるで水が蒸発するみたいに、薄くなって見えなくなってしまったのだ。

「どこ、行ってしもたん？　ばーちゃん」

突然目の前で消えていったおばあちゃんにレイくんは戸惑っていた。

「息子さんのところに行ったんだよ」

「成仏したんか？」

レイくんはおばあちゃんが消えてった空をじっと見上げて、それから微笑んで私を見下ろした。

「ユイカが、何かしたんやろ？」

その言葉には首を傾げるより他はない。だって、何かをしたつもりはないのだ。

私は、ただそこに既にお迎えが来ていたことを知らせたのみだから。

最後の言葉を伝えたら、きっとまたレイくんは泣いちゃうかもしれないな。

おばあちゃんは、いつかレイくんに運命の人が現れるまで、と一緒にいてくれたんだってこと、言わなくてもわかってるだろうけど。

レイくんの中でもおばあちゃんのことは気がかりの一つだったろうから、息子さんと一緒に成仏できたことは良かったんだと思いたい。

「ばーちゃん、キラキラして笑っとったな」

レイくんの目にはまた涙が浮かんでいる。微笑みながら少しだけ泣いていた。

「今度会ったら、もうオレのこと覚えてないんちゃうやろか」

「そんなことないよ、おばあちゃんはレイくんのこと本当に可愛がっていたから。私に、レイくんのこと頼みますって、そう言ってて――」

おばあちゃんの最後の言葉を伝えたその時、周りの景色が不意にグニャリと歪《ゆが》んだ。

地震でも起きたかのように、足元がふにゃふにゃしてる……。

これって、貧血かな？　それとも熱中症？

かろうじて足をふんばって、なんとか倒れるのを持ちこたえた。

「ユイカ？」

言葉を止めた私の顔を覗き込み、首を傾げているレイくん。

「あ、あのね、レイくん。私、ちょっと喉が渇いちゃって。暑いから、少し休んでもいいかな?」

お寺の横にある小さな喫茶店を目指し歩き出す。

昔、じいちゃんと二人で安念寺に遊びに来た時に寄っていた場所だ。

今日のこの炎天下は、相当身体にこたえるらしく、体調が一気に悪くなってきた。

「顔色悪いで、ユイカ。熱中症ちゃうんか?」

「かもしれないね、ちょっとクラクラする」

「堪忍な、オレが支えてやることも、抱えてやることもできん……。せめて腕一本でも実体があればええのに。役立たずのオバケやんな」

「実体がないからオバケなんじゃん。レイくんに抱えられたらホラーじゃん」

そやった、と残念がるレイくんとの掛け合いは漫才みたい。

具合が悪いのも少し紛《まぎ》れた気がする。


汗だくの私を喫茶店のマスターが気遣ってくれて、ごゆっくりと店の奥の静かな席に案内してくれた。

お水を一気に二杯、それから、レモネードとミックスサンドを頂いて、ようやく元気になったのは十三時のこと。

冷たいものの一気飲みで、お腹が痛くならないことを祈ろう。

これ以上遅くなったら、政ジイちゃんに会えなくなりそうだから、と店を後にして、先ほどと同じように家の方のインターホンを鳴らした。

『あれ？　結夏ちゃん？』

カメラで私を認識したのだろう政ジイちゃんの驚いた声、それもそのはずだ。

私がここにお使いに来る時には、必ず連絡を入れてから来ていたんだもの。

ガラリと戸を開けた政ジイちゃんは、昨日と同じようにニコニコと私を見つめた後、私の隣を何度見かして、ガラガラピシャンと一旦玄関の戸を閉めてしまった。

「え？　政ジイちゃん？」

次に扉が開いたと同時に、突然視界が真っ白に染まる。

「悪霊退散‼」

「え、ちょ、ゴホッゴホッ、しょ、っぱ！　ゴホッ、政ジイちゃん、待って」

その白いものは目にも鼻にも入り込んで、私はしょっぱいやら咳《せ》き込むやら涙が出るやらで酷い目にあう。

「悪霊ってオレのことやろか？」

ゴホゴホと苦しむ私の横で「ユイカ大事《だいじ》ないか」と動き回るレイくんに向かって、

政ジイちゃんは尚も延々と塩をかけながら、お経を唱えていた。

ただ、どれだけそうしても苦しむのは私だけだということに、ようやく気づいてくれたらしく。

「悪霊、ではないようだな……、すまんかった」

ハハッと照れたような笑いを浮かべた政ジイちゃん。

申し訳なさそうに眉を落として見せるのは、レイくんにであって私にではなさそうだ。

「政ジイちゃんって、視えてるんだよね？　だったら相談に乗ってほしいの、この人のこと。どうしたらいいのか、一緒に考えて、お願い」

髪の毛の中にまで入り込んでいる塩をパラパラと払いながら、涙目で訴える私に、政ジイちゃんは苦笑し「事情はわからないけど。まあ、お入り、二人とも」とようやく中へと通してくれたのだった。

「政ジイちゃんには、どう視えてるの？」

「ん？　この人のことか？　黒くてデカイのじゃ。わしには、そうしか視えん。残念ながらな」

そうなのか、やはり視える人でも視えてる様は人それぞれなんだ。

レイくんは『黒くてデカイの』という政ジイちゃんの言葉に、ちょっぴり不服そうな顔をしていた。

「昨日ね、政ジイちゃん家からの帰り道、あそこの交差点で会ったの。横断歩道のところで」

レイくんとの出会い、そして私に憑いてきたこと。

レイくんの言う未練を探してあげたいこと。

残された彼の時間はもう六日しかないことを、手短に説明した。

政ジイちゃんは、何度もレイくんの風貌や身体つきなどを、確認するように聞いてくれた。

少しでも視えてる分、疑わずに聞いてくれることがありがたい。

何よりも、素人《しろうと》な私よりよっぽど『あちらの世界』には詳しい人だもん。

やっぱり政ジイちゃんに相談しに来て良かったと安心した。

「ユイカちゃんにはハッキリ視えてるんじゃな、さすがはお寺の子」

「でも、うちのじいちゃんにはサッパリ見えてないみたいで」

「だろうな」

　くっくっくと苦笑いした後で、レイくんのいる方に目を向けた政ジイちゃんは、独り言のように「おまえさんは、どこから来なすった？」と尋ねた。

　レイくんは「わからんのよ」と肩を落とすけど、その声は届いてないみたい。

「ねえ、政ジイちゃん。交差点にあったお地蔵さんって、交通安全祈願のでしょ？」

「そうじゃ、あまりにもあの交差点は事故が多くての。年に二回か三回は誰かしら犠牲になっている場所だった……、それでこの地区の会長さんが寄付を募って建てたのがあの地蔵様でな」

　それでも事故は無くならないがな、と政ジイちゃんは悲しそうにため息をつく。

「もしかしたら彼はその事故の被害者の一人なんじゃないか、って思うんだけど」

「まあ、考えられなくはないな。もし名前がわかれば住所もわかるかもしれん。その者の墓がわかれば経をあげてやることもできるだろう」

　ちょっと待ってな、と何かを思い出したように、政ジイちゃんは誰かに電話をかけ始めた。

「もしもし、矢部《やべ》さんの、お宅ですか？　ああ娘さん？　安念寺の住職です、矢部さんは今日は……？　ああ、……ああ、そうでしたか、明日はいますか？　じゃあ、すみませんが明日少し矢部さんにお会いしたく、ええ」

私とレイくんをチラチラと見ながら、誰かと話をしていた政ジイちゃんが電話を切った後。

「結夏ちゃん。明日じゃ、明日もう一度ここにおいで」

「え？」

「今、電話をした矢部さんはな、あの地蔵さんを建てた元地区会長さんじゃ。あの人は引退しても、この地区のことをずっと記していた、わしの記憶ではな。だからもしかしたら事故の記録なんかも残しているかもしれない。いやそれらしきことを聞いたことがある……んじゃが」

ただ、と政ジイちゃんは深いため息をついて。

「今日はデイサービスに通ってるらしいんだ……」

口ごもった政ジイちゃんが、またため息をつく。

よっぽど込み入った事情がある方なのかもしれない、と唾を飲み込み政ジイちゃんの次の言葉を待った。

「矢部さん、最近物忘れが激しいらしくてな、ちゃんと昔のことを覚えているといいんだが」

「‼」

なるほど、確かにそれは難しい問題かもしれない。

そっと見上げたレイくんも私と同じように、眉尻《まゆじり》を下げて苦笑していた。

「明日は朝から昼まで檀家さん回りで、また午後からになるがいいかね？　それからなら、矢部さん家《ち》に案内しよう」

頷いた私を優しい目で見た政ジイちゃんは帰り際、玄関前まで送ってくれた。

「ああ、そうだ。結夏ちゃん、今日は何もしないで早く寝なさい。疲れてるから」

私の頭を撫でた政ジイちゃんは、レイくんに聞こえないように、小さな声で教えてくれた。

「悪霊でなくとも霊と一緒にいるだけで疲れてしまう。ましてや、結夏ちゃん。あんた今日、『一体』送ってやっただろう？　相当疲れてるはずじゃ」

何もかもを見抜いていた政ジイちゃんに首をすくめて誤魔化し笑いをして、渋谷を後にした。


夜、ベッドに入ったのはまだ夜八時。いつもならば日付が変わるくらいまで本を読んだり音楽を聴いたりして起きてられるというのに、どうしたことか、身体がまるで言うことを聞かない。

うん、政ジイちゃんの言う通り、相当疲れているみたいだ。

「ユイカ、ホンマに大丈夫なん？」

私の異常に多分レイくんも気づいてて心配そうに見守ってくれてるから。

「大丈夫、大丈夫！　寝たら治るやつだよ」

微笑んで、そのまま目を瞑った。

レイくんには知られないようにしないとね。

優しい人だから、自分のせいで私を疲れさせた、なんて思い兼ねないだろうから。

DAY3

赤い母さん、赤い父さん。

赤い涙で濡《ぬ》れた顔で私を覗き込み、嬉しそうに優しく微笑み、消えていく。

いかないで、いかないで。

私を置いていかないで――。

待って、待ってよ！

私も連れていって――。


「ユイカ！　ユイカって‼」

私を目覚めさせた声の主と目が合った。

とても心配しているような優しい目が、夢の中に出てきた両親の眼差しに似ている気がしたから。

「ふっ、うっ、うえぇっ」

「ユイカ？」

「うええええ――ん」

久々に声を上げて、恥ずかしげもなく私は泣いた。

定期的に見るこの夢は、ただひたすらに私を悲しくさせるのだ。

父と母の顔は写真でしか知らない。

それなのに、夢の中で二人は私の名前を呼び、笑っているのだ。

もしかしたらあの夢は現実であり、私の一番初めの記憶なのかもしれない。


「聞いてもええやろか？」

仏壇の前で手を合わせる私の横で、昨日もそうしていたように、浮きながら正座をし、手を合わせているレイくんの姿は中々シュールだと思う。

仏様が仏様に祈りを捧げているんだもの。

「あっちは、ユイカのばあちゃんやろ？　で、その横にいるのは……」

レイくんが指さしたのは、仏壇に飾られている写真立てに写る、笑顔の若い夫婦。

「うん、私の父さんと母さんだよ。私が赤ちゃんの頃に死んじゃったんだ」

それだけ言って「さあ、ご飯食べようか」と台所に向かう私に、レイくんはもう何も聞かなかった。
いや、聞けないんだろう。
だって、おかしな話でしょ。
二人ともが、私が赤ん坊の頃に死んだなんて。

赤い母さん、赤い父さん。
それでも微笑んで、安らかな顔で。
ねえ、どうして？　なんで笑ってたの？
教えてよ、レイくん。
レイくんならわかるんじゃないの？
未練があったなら成仏できないはずでしょう？
その言葉はぐっと呑み込んだ。

＊＊＊

「今日も暑くなるね」
「そやろな、もう身体は平気なん？」

昨日早々にダウンした私を気遣うレイくんに、大丈夫と微笑んだ。

朝、檀家さんに出かける前のじいちゃんに、政ジイちゃんに会いに行くことを伝えると、最悪なことにズッシリと重たいスイカを持たされた。

じいちゃん、家で食べ切れないからでしょう？

この時期のお寺、頂き物ナンバーワンであるスイカ。

絶対に安念寺でもダブってるし、困ると思うよ？

こんな炎天下の中重たいスイカを持たされていると、ただでさえ疲れやすい今の私にはこたえる。

案の定、渋谷に着いた頃にはマラソンでもしてきたかのような疲れ方だ。

「ちょっとコーヒー飲んでもいい？　一日座ろう」

大きなスイカを抱えた女子高生が、ハチ公の側に腰かけてテイクアウトしたアイスカフェモカを啜《すす》る図は少し異様で、ちょっとだけ周囲の視線が痛い。

レイくんはハチ公の頭を撫でてみたり、スクランブル交差点の人の流れを見つめて「皆ようぶつからんで歩けるもんやな」と感心したりしている。

確かに、そうだ。私は上手に歩けないから。

必ず前から来る人と、どっち？　どっちに避ける？　って視線を合わせた挙句に、同じ方向で鉢合《はちあ》わせしちゃう人だから。

スマホの時間を確認しようとして、メッセージアプリに目を向けて思い出す。

昨日、私ってば今野さんに返事した？　してないよね？

慌ててタップして確認するも。

『家に帰ったら、日程確認するね、待たせてごめんなさい』

それ以降、私は返信をしていない、最悪だ。

『今野さん、昨日はごめんなさい。疲れて眠ってしまってて……。今日もまた渋谷にいて、明日は今のところはまだ未定なんだけど、あと四日ぐらい忙しいかもしれなくて』

そこで指が滑りメッセージを送信してしまい、『だから、もう少しだけ待ってくれないかな』と打ってる最中に返信が届いてしまった。

『で？　忙しいから待ってくれってこと？』

う、うわ、怒ってる？

ぶっきらぼうな文面の返事に、慌てて新しい文章を送信する。

『うん、本当にごめんなさい』

『まあ、受験生だし、忙しいのはお互い様だから仕方ないとして。ただ、前から思ってたんだけど、斎藤さんってすぐ謝るよね？　別に私、怒ってるわけじゃないから、そういうのやめてほしいんだけど』

その返事に、自分が打った文章の中にある幾つもの『ごめんなさい』が浮かんできて、顔をしかめた。

『あ、ごめんなさい』

またそう打ちかけて指を止める。

だって、癖なんだもん。

誰かに嫌われるのはもう嫌だし、誰かが私のせいで気分を悪くするのも嫌だ。

ごめんなさい、もう届かないだろう言葉を呟くのだって癖なんだもの。

今世紀最大級のため息はレイくんの耳には届いたみたい。

首を傾げたレイくんに、なんでもないよと笑ってみせた。

「さあ行くよ、レイくん」

自然に口に出してからハッとする。

そうだった、今日もやっちゃった。大きな独り言を始めた私に、周りから何事かと冷ややかな視線が送られる。

「うん、そう、今から行くね、レイくん」

なんてイヤホンで、彼氏と電話しているようなフリをし、歩き出すしかない。

そんな私を見て笑ってるレイくんを、あんたのせいでしょ、と睨み上げる。

それでも彼は怖がりもせずに、更に大きな口を開けて笑っていた。

「お土産《みやげ》です、うちのじいちゃんが持っていけって」

気まずそうに私が差し出したスイカを見るなり、政ジイちゃんは、笑顔を引っ込めた。

そりゃそうだろう、政ジイちゃんだってお供え物でもう見飽きているはずだもの。

「矢部さんとこに、持っていこうか」

絶望に打ちひしがれている政ジイちゃんにそう提案すると、「それがいい」とやっと笑顔になってくれる。

それでも、しばらく家のじいちゃんのことを「アイツは昔から気の利《き》かないヤツだ」と、クドクドとぼやいていた。

安念寺から歩いて十分ほどのところにある矢部さんの家を訪ねると、昨日電話でお話を聞いてくれた娘さんが出迎えてくれて、どうぞと中に通された。

お土産のスイカを手渡したらすごく喜んでもらえてしまい、ささやかな罪悪感を覚えるもまずはひと安心。

行き場のなかったスイカも、やっと受け入れられたとよろこんでいる気がした。

「お父さん、安念寺の住職さんとそのお知り合いの娘さんが見えましたよ」

縁側で座椅子に腰かけ、白い髭《ひげ》を蓄《たくわ》えた威厳のありそうなお爺さんが私たちをじいっと見て。

「スミ子、お茶の数が足りないじゃないか、後もう一つ持ってきなさい」

と、言った時にはものすごくドキドキした。

レイくんも、政ジイちゃんも慌てている。

「もう、お父さんったら。ちゃんと人数分あるでしょう？」

「あ、ああ、そうか、そうだった」

そんなスミ子さんの呆れたような口調に、ちょっとショボンとした矢部さんの様子を見て胸を撫でおろす。

ちゃんと視えてるわけじゃなく、何となく雰囲気を感じてるのかもしれないけれど、スミ子さんに否定されたら、そうか、と首を傾げながらも納得していた。

「で、ご住職、今日は何の用事ですかな？」

「実は今日は矢部さんに少しばかりお願いがありまして」

「ご住職のお願いとあらば、なんなりと」

矢部さんの威厳に満ちた横顔が笑顔に変わる。

きっと昔からのお付き合い、信頼し合った人たちだけの空気感だ。

「あの交差点に、お地蔵さんを建てたのは矢部さんでしたよね？　ほら、事故の安全祈願の」

「ええ」

「確か矢部さんは、あの交差点の事故の記録を付けてませんでしたか？　何かにまとめてらっしゃるようなことを前に仰《おっしゃ》ってたような？」

政ジイちゃんの言葉を聞き、矢部さんは何かを考え込むように遠い目をした。

「はて……」

しばらくして矢部さんは首を傾げてそう言った。

「そういうもんを付けてたんでしょうか？　わしが」

不思議そうな顔をして住職を見る矢部さんの顔つき……。

子供のような無邪気な目をしている。これはヤバイ、様子がおかしい。

その時お茶菓子を用意したスミ子さんが入ってきて「お父さん、どうしたの？」と、すぐに異変に気づいたようだった。

「スミ子、わしは事故の記録など取っていたのだろうか？」

自分のしてきたことが、まるで思い出せないようだ。

不安に揺れる目で、スミ子さんに縋る矢部さんが何だか切ない。

そんな矢部さんを落ち着かせるように、スミ子さんは背中を撫でながら微笑む。

「取ってましたよ、ちゃんと！　お父さんはしっかり者だから、ちゃんと付けてましたよ。ちょっと待ってくださいね」

スミ子さんの言葉に矢部さんも、そして私たちも目を輝かせた。

「これですよ、ホラ」

少ししてから分厚いノートを持って戻ってきたスミ子さんが、私たちにそれを手渡してくれた。

広げてみると、それはスクラップブックで、少し茶色に変色した古びた新聞の切り抜きなどが丁寧に貼られている。

最初は昭和四十三年から始まる、あの交差点で起きた事故の記録の数々。分厚いそのノートを調べるのは、時間がかかる気がした。

「矢部さん、大変申し訳ないのですが、これをお借りできないでしょうか？　貴重なものなのはわかっています、丁重に扱いますのでどうか」

「やあやあ、どうぞどうぞ。安念寺の住職さんの頼みなら断れないでしょう」

矢部さんの笑顔に政ジイちゃんと二人ホッと息を吐き、無事にその貴重な資料を借りられることとなった。

安念寺に戻り、スクラップブックを最初から一ページずつ眺めていく。

スクラップブックを囲むように、三人で顔を突き合わせ一記事ずつ目を通す。

昭和の頃の被害者の顔写真がついた記事は、一発でレイくんじゃないのがわかった。

けれど時代が新しくなるにつれて、そういった顔写真付きの記事は減っていく。

個人情報云々《うんぬん》の関係上とか、被害者への配慮なのだろう。

二〇〇〇年代に入るとますます情報は少なくなっていく。

もしも今私に視えているレイくんのこの風貌や年齢的なものが、亡くなった時の恰好そのままであるとしたならば。

レイくんは、見た目的に十代？　二十代？　私と同じくらいか、少し上。それぐらいの人が被害者として載っているはずだと考えた。

「政ジイちゃん、付箋《ふせん》はあるかな？」

政ジイちゃんは電話台の事務用品入れから付箋を取ってくれた。

それを被害年齢が若い男の人たちのページに貼り付けていく。

昭和五十五年・十五歳、昭和六十年・二十八歳、平成二年・十七歳、平成八年・十九歳、平成十五年・推定十代後半〜二十代前半、平成二十年・二十二歳、平成二十六年・二十五歳。

　この七人の内、昭和の二人と平成二年の方については顔写真で別人とわかった。

　残すは平成八年以降の四人だ。

「この方と、この方は違う」

　付箋を貼ったページ、政ジイちゃんが指をさしたのは、平成二十年と平成二十六年の方、この中では直近の事故だ。

「二人ともこの近所の方なんだ。二十二歳の若者はバイク事故と書いてるだろう？　弔いをしたのはわしじゃ。母一人子一人で、大学まで行かせて就職したばかりでな。バイクの免許を取って早々だった……、月命日には今も事故現場に母親が花を供えていて……」

「うん、おるわ、毎月花供えに来る女の人。あの人なんやろか」

　レイくんも、お地蔵さんの前に来るその女性を知っているらしい。

　それを見ても何も思い出さないということは、彼には無関係の人であるようだし、もし身内であればレイくんの魂は、とうに成仏できてただろうし。

「こちらの方はな、会社帰りだった。青信号を渡っていたのに脇見運転の車に轢《ひ》かれて……、いい若者だったのに」

もう一人の方も政ジイちゃんと面識があった。

一流企業に勤めていたサラリーマンだったらしい。

その様子を聞くと、やはりレイくんの着ている服装とは違う気がするし、この政ジイちゃんが弔ったというならば、勝手な想像だけど成仏してる気がする（レイくんはしなかったけど）。

と、いうことは、残された二人のどっちかがレイくん……？

平成八年十二月、羽山彰人《はやまあきと》さん（十九歳）作業員。

道路工事の仕事中に作業車と接触、タイヤに巻き込まれ死亡。

住所は東京都八王子市……、家から近い。確認できるかもしれない。

問題はもう一方だ。

平成十五年・推定十代後半〜二十代前半と見られる作業員らしき男性。

推定って、どういうこと？

目撃者の話によると、交差点を渡り切った後、突然意識を無くしたようにふらつき、通りかかった軽自動車に接触。

死因は頭部外傷による外傷性くも膜下出血《まくかしゅっけつ》。

事故か事件両方の可能性があるとして調査中。

どちらも作業員で、恰好や年齢的にもレイくんにあてはまる気がする。

「八王子の若者の事故というのは、会社がそれを隠そうとしてた、というあの事件かもしれん」

「会社が隠す？」

「そう、安全確認を怠《おこた》っていたのをこの死亡した若者のせいにしようとしてな、内部告発があって……、確か社会問題にもなったやつじゃ」

……、そんな有名な事件？　だったら。

スマホを取り出して『平成八年　羽山彰人　会社　安全確認』と。

検索をしてみた。

そうしたら、政ジイちゃんの言っていたそのニュースがたくさん出てきて、羽山彰人さんの写真もそこに出てきちゃったんだ。

金髪で切れ長の目の優しそうな顔をした……。

「オレ、なん？」

不安げに私の顔を覗き込むレイくんに、多分違う、と首を横に振る。

確かに、レイくんのような髪色で、ツリ目であることは似ているかもしれないけれど、決定的に違うものがある。

体型だ。羽山さんは、レイくんのように背が高く細身ではなく、太っていた。

その写真とレイくんを何度も何度も見比べて首を振った。

一瞬、レイくんのダイエット前の写真なんじゃないか、とか考えたけど、やっぱりどう見ても別人な気がする。

そうなると、残されたのは――。

平成十五年八月・推定十代後半～二十代前半と見られる男性。

目撃者の話によると交差点を渡り切った後、突然意識を無くしたようにふらつき、通りかかった軽自動車に接触。

死因は頭部外傷による外傷性くも膜下出血。

事故か事件両方の可能性があるとして調査中。

調査中って言っても、今から二十年も前の話でしょ？

だったらもう調査も終わってるよね？　何か、何か他に手掛かりとかないかな？

パラパラとスクラップブックをめくってみても、この記事の続きはどこにもない。

名前も詳しい年齢も、それに事故か事件かもわからないなんて、お手上げなんですけど。

記事とレイくんを見比べて、ため息をついた私に。

「佐々木《ささき》警部補なら、わかるかもしれんな」

佐々木警部補⁉　本物の警察官に！

思わず目を煌《きら》めかせた私に政ジイちゃんは。

「今日はもう帰りなさい、ユイカちゃん」

と時計を指さす。時間は既に十八時を過ぎている。

「明日の朝、十時にうちに電話を寄こしなさい。それまでに佐々木警部補と話してみるから」

佐々木警部補がまだ何者なのかもわからないまま、私はスクラップブックの調査中男性の記事だけをスマホに収めて、帰路についたのだった。


「ごめんね、あまり進展がなくて」

電車を降りてからの帰り道、誰も周りにいないのを確認してレイくんに話しかけた。

電車に乗ってる間中、レイくんは何だかとっても不安そうな顔をしていて、目が合うと申し訳なさそうに笑う。

元気ないじゃん、って幽霊《オバケ》に対して使う言葉じゃないけれど、レイくんらしくないんだもん。

「オレの方こそ、堪忍な……、手間取らせてしもて」

そっか、そんな風に思ってたのか。

「でもさ、ちょっとずつ近づいてきてる気がするよ？　だって昨日まで全く素性《すじょう》なんかわかんなかったんだもん。もしこの記事の人がレイくんだとしたらさ、明日はそれがもう少し深くわかるかもしれないし」

そう言いながら、自分自身にも言い聞かせてた。

だって、明日は四日目、ちょうど半分なのだ。私だって焦《あせ》る。

こんなにも関わってしまった以上は、ちゃんと成仏させてあげたい。煤になんてさせたくない。

「ユイカ、夏休みやし、高三やし受験なんかで忙しいんちゃう？　友達なんかと会ったりせえへんの？」

友達、というワードに一瞬言い淀んで。

「忙しいよ、忙しいけど、ね？」

立ち止まってレイくんを見上げたら、また申し訳なさそうな顔をしちゃってる。

「レイくんに関わろうって決めたのは私だから。ちゃんとレイくんを見送ってあげるってもう決めたんだから、そんな風に遠慮なんかしないでよ」

あの時レイくんのキレイな涙を見てしまったから。

レイくんに実体があったのなら思わず抱きしめてあげたくなるような、泣き顔を見てしまったから。

「……おおきに、ユイカ」

また私に泣き顔を晒《さら》す。

ああ、もうまた泣く。きっと生前も涙もろかったのかな？

多分私より年上で、こんなに背も高くてガッチリしてる男の子なのに、放っておけないのは、きっとこの泣き顔のせいだ。

「帰ろう、レイくん」

実体があったなら、その手をひいて帰ってあげたのに、と少し寂しくなったのだった。

DAY4

「じいちゃん、おはよう」

境内墓地の掃除をしているじいちゃんに声をかけると、驚いた顔をして振り向いた。

それはそうだろう、私はいつもこの時間、まだ眠っているから。

「そうか、十日か」

優しく目を細め、私の頭を撫でるじいちゃんに頷いて、目当ての墓石へと歩き出した。

――斎藤家之墓。

眠るのは斎藤家先祖代々とばあちゃん、それと父さんと母さん。

今日は父さんと母さんの月命日なのだ。

手を合わせる私の横で、レイくんも同じ仕草をする。

レイくんが我が家の仏壇や墓石にこうして手を合わせてる姿は、やっぱり何度見てもシュールだけど、嬉しくなる。

それはレイくんの優しさを感じられるからだ。

この人は生前から優しい人なんじゃないかな。

だって、あの夢を見た今朝も優しかったから――。

＊＊＊

赤い母さん、赤い父さん。

赤いその涙で濡れた顔で私を見て微笑んだ。

逝《い》かないで、逝かないで。

私を置いて逝かないで。


「ユイカ！」

切羽《せっぱ》詰まった声に目を開くと、カーテンの隙間からほんの少し入ってきた金色の朝焼けの中。

レイくんが哀しそうに私を見下ろしている。

また、あの夢を見て、うなされていたんだ……。

「ねえ、レイくん。教えて？」

「うん？」

「未練が残っていたら成仏できないんじゃなかったの？　それとも何の未練もないから出てきてくれないのかな？」

私の問いかけに、何もかも察したような顔でレイくんが悲しげに顔を歪めた。

「会いたいなあ。一度だけでもいいから会いに来てくれたら、いいのに、……」

泣きじゃくる私に、レイくんはただ寄り添うように側にいてくれた。

「……わからんけど、な？　オレができるかどうか、ようわからんけど」

顔を上げた私にレイくんは微笑む。

「ユイカの会いたい人にオレが伝言板になれんやろか？　成仏したら必ずユイカの気持ち伝えてくるから」

私の会いたい人が誰なのか、きっともうレイくんは気づいてる。

必ず会うから、泣かんといて、と優しく伸びてきた実体の無い手が、私の頬の涙を拭きとるような仕草をする。

私の頬に、ほんの少し温かな風が触れた、そんな気がした。

＊＊＊

昨日の約束通り、十時を待って安念寺の政ジイちゃんに電話をした。

十三時頃、安念寺に佐々木警部補が来てくれることになった、との知らせを聞いて、また少しレイくんについての手掛かりに近づいた気がして微笑む。

今日こそはレイくんの正体がわかるかもしれない。

「今日も安念寺に行くのかい？」

電話を切った後、振り返ると袈裟姿《けさすがた》のじいちゃんがいた。

朝早く檀家さんの家でご不幸があったとのことで出掛けるらしい。

「そうだけど、今日はスイカいらないからね？　重いし何なら政ジイちゃんがもっと大きいの返して寄こしそうだったんだから」

私のふくれ面にじいちゃんは、悪かったと笑う。

「行くのはいいが、顔色がすぐれんよ、結夏」

やっぱり、気づかれてたか。

「夏バテだよね。でも今朝はじいちゃんの青汁まで飲んだから大丈夫」

心配はかけちゃダメ、たった一人の身内だもの。

わかってるけど、今だけは無茶でも何でもしたいんだ。

後四日だけ頑張らせてほしい。その後は受験生らしく家で勉強も頑張るから。

「そうか、青汁を飲んでおけば、大概の夏バテも吹っ飛ぶな」

私の言いたいことをわかってくれるように微笑んだじいちゃんは、一足先に出掛けていく。

その後ろ姿に手を振り、横に並ぶレイくんを見上げたらさっきのじいちゃんみたいな顔で私を見ていた。

「ホンマに大丈夫なん？　日に日にユイカの顔色が悪うなってる気がするんやけど？」

「大丈夫、毎年なんだよね、夏バテするの」

そう言っておかないと、本当のことを知ってしまったら、このお人よしな幽霊《オバケ》はきっと『迷惑かけられないから』って何もかも遠慮しちゃうでしょ。

「ねえ、レイくん。自分の名前や住所がわかったなら、どうしたい？」

未練探しの旅の終着は、そこにあるのかな？

「どうするんやろ？　取り敢《あ》えず名前がわかったら、ホッとするんちゃう？」

まだ何も考えてなかったレイくんに微笑んで、まずは名前がわかりますように、と願った。

背筋がピンとした体格のいい初老の男性が、安念寺で私たちの到着を待っていた。

笑顔は優しそうだけど、きびきびとした身のこなしやどこか隙の無い感じは、やはり元警察官だからかもしれない。

佐々木警部補は長年この町の交番で所長を務めていて、一昨年定年退職をした方だそうだ。

今はもう渋谷には住んでおらず、世田谷《せたがや》の方にお住まいらしいのだけれど、安念寺の政ジイちゃんとは年賀状でのお付き合いを続けていたみたい。

それを思い出して政ジイちゃんが連絡を取ってくれたのだ。

佐々木警部補は私たちが到着した頃には、政ジイちゃんから事情を聞いていたらしい。

顔を合わせた時に、既にちょっと希望薄な苦笑を浮かべていたのを見て、私だけでなく、レイくんもダメだったか、と一瞬ガッカリしたのだけれど。

「彼のことは、覚えています、覚えてはいるのですが、ね……。あの時の資料がもう、私のもとには無いのです。署内にはあるんですよ？ ただ私は、もう現役ではないですし、それを見ることはかなわないのです。大変申し訳ないのですが、結果から言うと、この方の名前が今はわからないのですよ……」

今は？

「今は、って、昔ならわかってた、ってことですか？」

……まさかの、この方も矢部さんみたいに物忘れが激しい方とか、だったり？

私の質問に佐々木警部補は静かに頷いた。

「この事件、そのものはちゃんと覚えてるんですわ。この方の住んでた場所も、事件の二か月後に、私が訪ねておりますし」

ますます訳がわからないけれど、レイくんらしき人の当時住んでいた場所を知っていて、そこに行ったってことだよね？

「毎年たくさんの事件やら事故を担当していたでしょう？　片付いた件については、やはり少しずつ記憶が薄れてしまいましてね。名前だけは本当に申し訳ない……。ただ、よろしければ行ってみませんか？　当時の彼のことを知っている方をご紹介します」

「え？」

「故人が、あなたの亡くなったお母さまのご親戚《しんせき》の方かもしれない、と聞きました。彼があなたの捜している人で間違いないのであれば、やっと……」

「やっと……？」

その後の言葉を濁《にご》した佐々木警部補は、まだ何かを知っているようだった。

佐々木さんの白いセダンの助手席に乗せてもらって、政ジイちゃんとはここでお別れ。

どうやら、レイくんは私の母方の親戚かもしれないという設定になっているようだ。

確かにレイくん本人が自分探しをしているとも言えないし、込み入った事情でなきゃ聞きづらい件かもしれないけれども、設定状況をようやく呑み込んだ私に政ジイちゃんが手を振る。

「ユイカちゃん、何かわかるといいね」

祈るように見送ってくれた政ジイちゃんに手を振り返し、窓を閉めた。

出発してしばらくすると、佐々木さんは当時のことを思い出しながら、話してくれる。

「最初は彼が何者で、そして事故であるか事件であるかも、さっぱりわからなかったんですがね」

少しずつ手掛かりを拾い集めたのだという。

「彼の持ち物らしきものは、後になって渋谷駅の管理会社から、ロッカーの期限切れで出てきたんですよ。小さな男性物のポーチ。中には顔写真付きの社員証と、数万円が入った財布」

なぜロッカーに？　私の疑問はそのままに話は続いた。

「財布には、お金の他には女性の写真が一枚と鍵。その鍵に会社名と部屋番号らしきもののシールがくっついていて、他に手掛かりといえば、当時彼が身に着けていた作業着、それと左手の薬指に着けていた指輪」

チラリと後ろに座るレイくんを見たけど、その横顔は窓の外を眺めているだけで、何を考えているのかさっぱりわからない。

左手の薬指、って……？　女性の写真って？

もしかしたらレイくんって、奥さんが、いたの？

いや、まだレイくんだって確証があるわけじゃないし、と自分に言い聞かせてみるけれど、想像もしていなかったことに、動揺している。

「鍵についていた会社名を元に、その持ち物をね、預けに行ったんですよ。その当時彼が働いていた会社の社長に。幸い、その会社は今も健在で、社長も存命のようでして」

もっとも寮は無くなってましたけどね、と補足して。

「残念ながら彼が住んでいた会社の寮の部屋には、当時も着替えが二、三枚しかなくて。それ以上、彼という人物が、本当はナニモノであるかもわからなかったんです」

住んでいる場所も持ち物も働いている場所もあって、なのに？

わからないって、ねえ、どういうこと？

レイくん、ねえ、あなたなの？　あなたじゃないの？

突然訪ねてきた私と佐々木さんを、会社の現在の社長だという方が出迎えてくれた。

「すんません、昨年先代の社長である親父は引退しまして。やっと暇になったんでお袋と二人で今は世界一周の旅に出とるんですわ、戻りは三か月後でしてね」

三か月後……。

若社長のその言葉に全部終わった、と一瞬目の前が真っ暗になったのだけど。

「須藤《すどう》の話だと聞きましたが」

若社長はそう言いながら、どうぞ、と応接間に私たちを通す。

事務員さんが冷たいお茶を持ってきてくれている間に、若社長も少し待ってください、と席を外した。

レイくんは落ち着かないのか、ソワソワと辺りを見回している。

さっきほんの一瞬だけど『須藤』と聞いて、レイくん反応した、よね？

驚いたような顔で若社長の顔を覗き込んでた、ように見えたんだけど。

「お待たせしました、これですわ、須藤の持ち物。こっちは事故の時に着ていたもので」

風呂敷に包まれたものを社長が開いてくれて、私はそれに声を上げそうになる。

事故のせいか、古くなったせいか、擦り切れてはいるけれど、見覚えのある紫の作業ズボンと黒いシャツ。

レイくんもじっとそれを見つめている。

ねえ、レイくんが今着ている作業着だよね？

「アイツの写真です」

社長が顔写真のついた社員証を見せてくれて、それは確信に変わる。

「須藤慶《ケイ》、自称十九歳らしいんですがね。わかりませんわ、本当のことは、今も」

自称？　本当のこと？　若社長の顔が寂しそうに歪む。

そっとレイくんを横目で見たら、若社長を前に悲しそうな顔で俯いて。

「堪忍、やで」

そう小さな声で呟いていたんだ。

須藤慶、十九歳。

生まれも育ちも大阪《おおさか》、だけど本当に大阪だったのか今となってはわからない。

彼は親の顔を知らないらしい。

十五歳まで養護施設で暮らしていて、それからは建設業のアルバイトなどを転々としていた、そうだ。

これは全て、レイくん、否、須藤慶くんがこの若社長さんに話していた、自分の身の上話。

相当、昔の話なのに、社長さんは覚えていた。

「慶がバイト募集のチラシ見てやってきたんだよね。でも身分証明書も何も持ってないの。そんな怪しいヤツ、雇えないってオレの親父は突っぱねたんだけどな。それでも毎日やってくるんだよ。多分どこからも断られてたんだろな」

ふうっと息をつき、昔を懐かしむように社長さんは眉尻を落とす。気づけば、いつの間にか口調も砕けていた。

「あまり大きな声では言えませんけど、昔ならそういうのあまり厳しくなかったじゃないっすか、この業界。外国人を安く雇ったりとか」

元警部補の手前少し言葉を濁す社長さんに、佐々木さんも時効だというように苦笑していて。

「毎日来るたびに薄汚くなってく慶が気になって、オマエどこに寝泊まりしてんの？　って聞いたらガード下だって。それってオマエ、ホームレスじゃん、若いのに何やってんだよ、って呆れたら。心配してくれておおきに、って笑うんだよ、八重歯零した人懐こい笑顔でさ」

レイくんは社長さんの話をじっと、悲しげな顔で聞いている。

自分の話だとわかってるのだろうか。

唇を噛みしめて拳を握り俯いていた。

「その顔が憎めなくて、悪いことするようなヤツじゃなさそうだよなって。んで、オレが親父を説得して、ウチで雇ってやることになったんだよ。それがあの年の四月。アイツが亡くなる四か月前のこと。ただその時に『雇ってもらって申し訳ないけど、半年しか働けない』って言うんだよね。理由は？　って聞いたら最初は頑《かたく》なに口を噤《つぐ》んでたけど」

懐かしそうに目を細め、レイくんの顔写真が付いた社員証を見つめた社長さんは。

「なあ、お前さ、なんで名前くらい本当のこと言わなかったのよ、大事な人がいたんだろ？　届けてやることもできねえんだぞ、こっちはさ」

ピンとその写真を指で弾いたんだ。

「大事な人ってご家族、ですか？」

「ああ、多分ね、ホラ」

私の掌《てのひら》に置かれたのは、鈍く光る銀の指輪。

「中にさイニシャル、彫ってあんだよ、わかる？」

中にイニシャル？　そう言われて、指輪の内側を覗く。

ＫｔｏＫ

ケイからケイへ。

イニシャルＫの誰かから、慶くんに贈られた指輪ということだよね？

もしかして慶くんの奥さんからってこと？

「イニシャルがＫなら、もしかして名前は本当だったんじゃないですか？」

「行方不明者や捜索願出してる中に、須藤慶なんか、いなかったってわけ」

だって、奥さんがいたかもしれないのに？　奥さんからの捜索願は出ていなかったの？

私の問いには佐々木さんも社長も苦笑して首を傾げた。

「須藤慶が本当の名前で、そして家族からその名前で捜索願が出ていたならば、迷宮入りなんかしなかっただろうさ」

「少なくとも、須藤慶という名前の男は大阪の養護施設にはいなかった。そういうことです」

つまりは須藤慶は偽名ということ。その結末に唖然《あぜん》とした。

『どうするんやろ？　取り敢えず名前わかったらホッとするんちゃう？』

レイくん、どうするのよ？　生前についた嘘は今もこうして波紋を広げて、少なくともここにいるみんなはそれに心を痛めているんだよ？

ただそう言って責められないのは、その当人がポロポロと無色透明な涙を流していたからだ。

私はそれを拭いてあげられないし、この場で慰めてもあげられない。

後悔から溢れ出るその涙を拭いてあげられるなら、『なんで、ウソなんかついたのよ』って怒ることもできるのに。

「何か事情があったんじゃないですかね」

レイくんがこんなに辛そうに泣いてるんだもん。きっと何か事情があるはずだ。

「確かにな、事情はあったはずだ。でなきゃ、あんな素直そうなヤツが偽名なんか使わないだろ」

社長さんはまた写真を見つめて独り言のように呟いた。

「そういえば、お嬢さん……、のお母様のお知り合いかもとのことですが？」

佐々木さんの言葉にギクン、と身体を強張《こわば》らせた。

そうだ、安念寺の政ジイちゃんが作った設定を忘れていた。

「そ、うなんです、私の母も早くに亡くなっていて。母のお友達に会ってみたくて。それで若い頃の母と一緒に写真に写ってる人を捜していて……。あ、今日は持ってきてないんですが、やはり似ているなって」

く、苦しい。

大体その写真からどうやってレイくんに辿り着いたのか、とか突っ込まれたら何も言えない。何かもっとマシな嘘のボキャブラリーがあればいいのに。

「そうですか」

思いのほか、それ以上深く突っ込んで聞かれはしなかった。

神妙な面持ちの佐々木さんは、多分政ジイちゃんから父と母が亡くなった原因などを聞いているのだろう。

嘘は良くないけれど、踏み入ってこないことにホッとした。

「事情、あったんでしょうね、そんなバカな偽名以外は本当にめちゃくちゃいいヤツで。素直だし、優しいヤツでね。オレ、勝手に弟分みたいに思ってたし……、アイツはどうだったかは今となってはわからんけど」

レイくんは寂しそうな社長のその言葉に、首を振ると、とうとう背中を向けて肩を震わせて泣き始めた。

「給料は多分誰かに……、家族に仕送りしてたんじゃないかな、毎月。半年だけって言うし、なんか事情抱えてんのはわかってて雇ったから、アイツに支払ってた金は、オレのポケットマネーからだったけど、働いてくれた分はきちんと渡してた。だけど財布に残ってる金はこんだけでしたし。寮なんでそんな金もかかんないし、アイツは煙草も吸わない酒も飲まない、パチンコもしないって。ナリがあんなんだったくせにマジメなんですわ」

社長が財布から出したお金は、四万円と五千円札一枚と二千円、そして小銭。

「割とね、いい手取りだったと思うんです、月に二十万以上は渡してたし……もっとも不法就労だから明細なんて残ってないけど、給料日のたび、慶はすっごい喜んでた。きっとこの人に、残りは全部送ってたんじゃないかな」

お札を抜いた財布に社長が指を入れて取り出したのは、既に少し変色し始めている古びた一枚のカラー写真。

そこには笑顔でピースサインをする若い女の子が写っていた。黒髪の外はねボブの元気そうで可愛らしい人。

ねえ、レイくん、ちゃんと見て、こっちを見て。

彼女は、あなたの大切な人なの？　レイくんの未練なの？

「斎藤さん、彼の死因についてのお話、よろしいですか」

「はい」

今度は佐々木さんが話し出す。

「当時の診断によると、後頭部の外傷性くも膜下出血。ただ接触したとされる軽自動車には、頭部を打撃した痕《あと》が見当たらなくてね。彼が倒れるのを見た人によると、交差点を渡り切った後、突然立ち止まり天を仰ぐようにしてから、倒れたらしいんです。しかも倒れる寸前まで意識があったのか、顔面を咄嗟に庇《かば》うようにして。確かに手にはアスファルトとの接触でできた擦過創《さっかそう》や裂傷がありましたしね。それで後日、近辺を聞き込みしてわかったことがあるんです。あの横断歩道がある交差点のもう二つほど向こうのブロックにね、昔は公園があったんですが、知ってますか？」

さて、どちら側だろう、交差点を渡って右には安念寺、その敷地は広いけど公園らしきものはない。

左側の方にあったのかな？　となんとなく自分の中で地図を描いて想像する。

「あの日の夕方、少しだけ前の時間に彼を見かけた、いや、助けてもらったという親子が見つかりました」

「須藤慶くんが助けた？」

「ええ、助けてもらったのは、当時五歳の男の子でした。お母さんと二人で公園でサッカーをしていたそうです。お母さんがほんの少し目を離した隙に、あの交通量の多い道路にボールが転がってしまって、男の子はそれを取りに道路へ飛び出したんですよ」

小さな男の子が交通量の多い道路に飛び出すなんて、想像するだけでゾッとする。

その先に嫌な予感がして、心臓のあたりが、またギリギリと痛くなる。

「その男の子を須藤くんは見かけたんでしょうね。咄嗟に道路に飛び出して抱き抱えて、歩道にダイブしたって言うんですわ。その後助けてもらった子のお母さんがお礼を述べると『大事なくて良かったです』って笑っていたと。その際、何度も何度も自分の後頭部を撫でてた、らしいんです」

つまり、レイくんの死亡原因は――。

「きちんとした証拠もないですし、形跡もなかったので推測ではありますが。その折に既に頭を強く打ってたんではないですかね。その後、彼は親子が帰るのを見送ってくれたと言ってました。見送って、それから自分も渋谷駅のロッカーに預けた荷物を取りにあの横断歩道を渡って、そこでふらついたんじゃないですかねえ」

確証なんかない、形跡だってない。

全ては憶測でしかない話ではあるけれど、きっとそれが真実なんだと思う。

だって彼が、そういう優しい人だというのはここ数日でわかってるから。

一緒に電車に乗っていると、小さい子を見て優しそうに目を細めてた。

赤ちゃんが泣いていたら、一生懸命あやそうとしていたり。

だから、きっとね。

レイくんの死亡原因はそれなんだって確信した。

確信して、同時に『だから彼のことを放っておけなかったのかもしれない』、そう思った。

＊＊＊

「今日は本当にありがとうございました」

家まで送ると言ってくれた佐々木さんのご厚意を断り、近くの京王線の駅までゆっくりと歩いた。

何も言わないレイくんは、私の後ろをつかず離れずついてくる。

レイくんの持ち物を私が借りるわけにもいかず、彼の身の上がわかったら後日、社長さんに連絡を入れることとなった。

ただ一つ一つの持ち物は、全て写真に収めてきた。

後でそれについてじっくり話してみないと。

社長さんに会う前とは、レイくんの様子が明らかに変わった。

あなたのことを全部、聞かせてほしいのに、だんまりのまま、私と目を合わそうともしない。

夕飯も食べなかったし（まあ、それについては心配ないだろうけれど）、私がお風呂から上がって寝る支度までしていても、何も言いだしてくれないレイくんにそろそろ痺れが切れそうだ。

昨日までとは、打って変わってジメジメとしてて本物の幽霊《オバケ》っぽい、いや、そうなんだろうけど。

でも、こんなのはレイくんらしくない。

わざと大きなため息をつき、レイくんの顔を覗き込むようにして真正面に立つ。

「ねえ、私に何か言うことないの？　レイくん、いや、慶くん？」

大型犬が怒られてクシュンとしょげちゃったような目をして私を見るけど、容赦なく質問を続けた。

「あるよね？　思い出してるんでしょ、生前のこと」

でなきゃ社長さんの顔を見てあんなに泣いたりはしないもん。

あれは知っている人を見た時の顔だった。しかも相当親しかった人の顔を。

「……長《なご》うなるで？」

「うん？」

「めっちゃ長い話になるかもやけど、聞いてくれるやろか」

「うん、聞く。ちゃんと聞くから話して？　何か理由があるんでしょ？」

あなたが自分を偽った理由を全部私に教えてほしい。

コクンと頷いたレイくんが話し始める。

「どっから聞きたい？」

「レイくんが話せるところからでいいよ？」

「……オレの話、聞いてくれるん、もうユイカしかおらんし……。全部聞いてほしいんやけど」

「じゃあ、全部聞く。聞かせて」

私の返事にレイくんは、少しだけ微笑んでゆっくりと生い立ちを話し始めた。

「赤ん坊の頃に、母親が家を出ていったらしいんや。元々はシングルマザーで、オレが生まれてからはばあちゃんと三人で暮らしてたみたいなんやけどな。母親は彼氏と暮らす言うて、オレをばあちゃんに預けて出ていってしもうたんやって」

あまりに衝撃的な話を、他人のことのように語るレイくんに胸が詰まって、唇を噛みしめた。

「それから半年くらいで、ばあちゃんが亡くなって、親戚中が母親を捜してくれてたみたいやけど、見つからんで。ほいで、面倒見る人がおらんからって、オレは施設に預けられたらしい」

そのため、レイくんの中にある一番古い記憶は、養護施設での暮らしらしい。

友達や兄弟みたいな人がいっぱい住んでいる場所、そこがずっと自分の家という感覚だった、と。

「小学校六年の時にな、同い年の痣《あざ》だらけの女の子が施設に入所しよって……、いつもビクビクして、ほんでもみんなに嫌われないように必死に笑っとってる子でな。……ユイカ、さっき写真撮ってたやろ？」

「もしかして、この人？」

スマホに収めてきた写真の中の一枚、スクロールして見せたのは、あのピースサインの女の子の写真。

「この人は、レイくんの大切な人？」

愛おしげにその写真に目を細めたレイくんの顔を見ればわかる。

写真に触れるわけがないのに、指でそっと撫でるようなしぐさをして。

「可愛えやろ、加奈《かな》って言うんや。……『オレの嫁さん』になるはずやった人」

嬉しそうに微笑むレイくん。

やっと巡り合えたその表情に、本当は一緒に喜んであげたいというのに、なぜだろう、なんで私こんなにショックを受けてるんだろう。

胸の奥が、焼け焦《こ》げるみたいにジリジリとしてる……。

ん？　ちょっと、待って？

お嫁さんになるはずだったって……？　はず、ってなに!?

「結婚、してないの？　レイくん、結婚指輪してたはずよね……」

左手薬指にはめてたって、そう言ってたのに？

「ユイカ、多分変わってへんと思うんやけど？　今って、男は何歳で結婚できるん？」

「十八歳……」

「せや、オレが生きとった頃と変わってないやろ？　せやから、まだ籍を入れることはできんかった」

「え、ちょっと待って？　レイくんって、もしかして、まだ……」

「十七歳や、十月で十八歳になるはずやった」

ハハッと眉尻下げて困ったように笑うレイくんが、まさかね。

「ええぇ？　じゃあ、私と同い年ってわけ？」

「今は、そやな」

『今は』、その言葉に現実の時間の流れを改めて感じた。

今は同い年、だけど私はレイくんの年齢を追い越していく、そう言いたいんだね。

その儚《はかな》くて悲しい事実に気づき、泣き出しそうになって必死に堪えた。

「全部思い出したのって、いつ？」

「ショウ兄《にい》に会った時やんな」

「社長、さんのこと？」

頂いた名刺には武田翔太《たけだしょうた》と書いてあった。

「ショウ兄の顔見た瞬間、嘘ついて世話になったことや、それわかってても何も言わんとオレをめっちゃ可愛がってくれたこと、すぐに思い出した。最後の最後に迷惑いっぱいかけてもうたって思ったら、ホンマに情けのうて……」

あの一瞬見せた戸惑いの表情は、罪悪感だったんだ。

ねえ、レイくん教えてよ、あなたは、まだまだ私に話してないことがいっぱいあるでしょう？

泣き出しそうなその顔に触ることはできない代わりに、そっとレイくんの頭に手を伸ばす。

子供を慰めるように撫でる仕草をすると伝わったのだろう。

くしゃりと泣いてるみたいな顔で、微笑んだ。

「ユイカは少しだけ、加奈に似とるんよ」

「そう、なの？」

「ん、優しいとこ。加奈もそうやってオレが落ち込むと、よう頭を撫でてくれてん。口癖が『ごめんなさい』なのもよう似とる」

ハッとして思わず手を引っ込めた。

「結婚するつもりだったんでしょ？　加奈さんと」

「せや、その資金集めの出稼ぎのつもりやった。中卒やったし、大阪じゃどっこも人の足元見て安くしか雇ってくれんかったし。でも金がどうしても必要やったん……。加奈と……生まれてくるオレの子のために」

生まれてくる、子供？

頭がついていかない、つまりはそのレイくんは、えっと。

何をどう言えばとオロオロしていたら。

「……そんな目で見んといて。ユイカに嫌われたようで悲しいなるんやけど」

私の動揺が伝わってしまったんだろう。

頬を膨らまし、困ったように私を見るレイくんに気づき、首を横に振る。

「違うよ、軽蔑したわけじゃないの。クラスにだっているし、ただ、その自分はそういう経験が無いから、ビックリして」

「まあ、そういう経験がユイカにあったら、オレら会っとらんかったかもしれんし。せやけど、ユイカ。本当に今まで誰とも付き合《お》うたこと、あらへんの？」

そんなこと聞くなんて最低！　やっぱりデリカシーを生前に置き忘れてきたんだろうか、とキッと睨み上げたら。

「ちゃうねん、こんな可愛えのになんでおらんのやろって、思うただけやで？」

え、ちょ、待って、不意打ちすぎる。

「あっ、ありがとうっ」

ぶっきらぼうにしか言えないのは、恥ずかしいからだ。

恥ずかしくて、でも嬉しい。

レイくんはそんな私を見下ろして。

ホンマやで？　っていたずらっ子のように微笑んだ。

それから、今度は加奈さんについて話してくれる。

「加奈は、人一倍、臆病やってん。随分長いこと親から虐待受けてたらしいんやけどな、ようやっと児童相談所が保護してくれて。ウチんとこの養護施設に入ってきたんやけど。争いごとは極度に怖がっとって。口癖は、ごめんなさいやったな」

『斎藤さんってすぐ謝るよね？』

　昨日の今野さんからのメッセージが頭に浮かび、ドキンとした。

「一度、加奈の目の前でオレと友達が殴り合いのケンカになった時、パニックを起こして。加奈のせいやないのに、『ごめんなさい』って泣き叫ぶ声があまりにも悲しそうで……そっから、オレ加奈の前でだけは絶対ケンカせえへんようになって」

　加奈さんの、その状況を思い浮かべると切なくなる。

　私よりも、もっと厳しそうな状況にいたんだろう。

「加奈は人一倍優しくて、オレがテストで悪い点取ったら一生懸命教えてくれて、ほんで大丈夫やで、ってオレの頭を撫でながら笑《わろ》うてた。同い年のくせに」

「その頃から、ずっと加奈さんのことが好きだったんだね」

「そや」

　素直に愛しい人を思うそのレイくんの表情にズキンと胸は痛んでも、納得はしてる。

そりゃそうだよね、結婚まで考えていたら、それくらい好きであって当たり前だ。

私が誰かのことを好きかもしれないと感じている、それよりもきっと深いものだ。

「加奈は中学を卒業してから、寮付きの美容院で下働きしながら美容師目指しとって。オレはちっさい建設会社で、安いアパート借りて住んどった。たまに加奈がご飯作りに来たり、掃除しに来たりしてな、楽しかったわ」

楽しかった頃を懐かしそうにレイくんは語っている。

そうこうしている内に二人の間に子供ができたことがわかったのだと言う。

十一月に子供が生まれる予定、でも二人には先立つものがない。

慶くんは月十五万の手取りで、家賃などを払えば手元に残るのは七万ほど。そして出産にもお金はかかる。

けれど大阪にいる以上は、他の建設会社の人とも顔見知りにはなっているので、どこに移ったとしても足元を見られて安く使われる。

それはレイくんが養護施設の出身だから、という理由だった。

だったら、東京に出稼ぎに行く。

十月には戻る、それまでは仕送りするから、と。

加奈さんと生まれてくる子のために、年齢や学歴を隠してでもお金が必要だったんだ。

「レイくんじゃないんだよね？　名前」

「あ、ああ、うん。慶や、不動《ふどう》慶」

すどう、ではなくて、ふどう。一文字しか変えなかったのは、レイくんの、いや、慶くんの罪悪感からだろう。

それが何だか慶くんらしくて、少しだけ微笑ましく思えるなんて、私ももう大分どうかしちゃってるかも。

「慶くん、って呼んでもいいかな？」

「ええよ、どっちでも。一文字しか違わんけども」

苦笑する慶くんに私もつられて笑ってから。

「全部、覚えてるの？　大阪で働いてた場所や、住んでた場所。加奈さんの働いてた場所」

「ん、思い出したわ、全部」

懐かしそうに目を細める慶くんに、私は真っすぐに向き合って、たった今決意したことを伝える。

「慶くん。明日、朝一でじいちゃんと話をするね。で、もう一度社長さんのところで慶くんの指輪と社員証を借りて、それから」

「ユイカ？　何しようとしてるん？」

「大阪に行こう、加奈さんを捜しに！」

「は？」

「慶くんの未練ってそれじゃん、絶対。家族なんでしょ、大事なんでしょ？　加奈さんとお腹にいたお子さんに、一日会いたかった、きっとそうでしょ？」

慶くんはしばらく何も言わないままで私を見て、それから小さくコクンと頷いた。

「会いたい、って言うてもええんやろか、オレ」

「いいに決まってるじゃん、私が連れてくから。だから帰ろうよ、慶くん」

しばし私の目を見つめて、慶くんは顔をグシャッと歪ませた。

おおきに、と微笑んでそれから私に背中を向ける。

今夜はずっと泣いててもいいよ、慶くん。

その背中を抱きしめてあげることはできないけど、側にいる。

加奈さんの代わりにはなれないから、私は私のできることをするね。

あなたが、明日笑えるように。

DAY5

関西に向かう新幹線の車窓から眺める景色は、初めてのものだった。

中学の修学旅行は、東北だったし、高校の行き先は飛行機で九州だったから。

いつか関西に旅行で行くことがあったとしても、こうして一人で向かうことになるだなんて思わなかった。

あ、一人ではないか、慶くんがいた。

新幹線の車内、お茶を飲みながら二日ぶりの連絡を入れる。

『今野さん、三日ほど東京から離れます。その次の日は、どうでしょうか』

しばらく待っていると。

『私も今名古屋《なごや》の祖母宅に来ていて、斎藤さんと同じ日に東京に戻るから丁度いいかも』

その返信に、一方的に待たせるわけじゃない理由を見つけてホッと一安心。

『じゃあ、東京に戻ったら待ち合わせ場所を決めて』

そう打っていた指は、続けざまにきたメッセージを見て止まる。

『お昼過ぎでいいかな？　私が斎藤さんの家まで行くよ』

わあ、あの話って冗談なんかじゃなかったんだ。

覚悟を決めて返事をする。

『いいけど、家はお寺さんで。駅からも少し離れてるし、それにお盆時だから忙しくて、あまりゆっくりできないかも』

『知ってるわ、だってうちのお墓、斎藤さんとこのお寺さんにあるんだもん。去年お墓参りした時、住職さんのお手伝いしてる斎藤さんのこと見かけてた。それで時々斎藤さんからお線香の匂いしてるんだなって、わかったし。ノートは、墓参りのついでに持っていくね』

うちがお寺さんだってこと、知ってたの？

あれだけ隠そうとしていたのが、全部バレていることに気が抜けてしまった。

お線香の匂い、やっぱ染みついちゃってるよね。

自分では当たり前すぎて気づけないけど、これはどうしようもないし、と自分の服の匂いを嗅《か》いでみた。

『わかった。じゃあ、家で待ってるね』

『うん、それとさ、斎藤さんのノート見ちゃったんだけど。文法、苦手だよね？』

ギクンとして、思わず『うん』というスタンプを送り返す。

『勝手に悪いと思ったんだけど、ノートにわかりやすい表挟んでる。カラーペン入れておいたから』

『わ、いつもいつもごめんね』

いつも、そうだった。

今野さんは冷たい横顔で私と目線も合わさずに淡々とワークをこなす。

ただ、私より英語が得意な今野さんは、今みたいに私が苦手な部分を丁寧に教えてくれた。

『だから、ごめんはいらないって』

あ、また言っちゃってる……。

『そういう時は、ありがとうでいいんじゃない？　私も数学の時、斎藤さんのノートがわかりやすくて、すごく助かってるからお互い様なんだし』

その文面にクスリと笑いが込み上げてくる。

今野さんのわからない問題を、こんな風に解けばとアドバイスをすると、必ず怒ってるような顔をして、ぶっきらぼうに『ありがとう』と呟く彼女の姿を思い出して。

いつもお節介だったかも、と思ってたけど。

そうか、助かってるって思ってくれてたんだ。

『今野さん、ありがとう。じゃあ、四日後の昼過ぎに』

『よろしく、お邪魔します』

ペコリというスタンプに、私も笑顔のスタンプを返す。

そういえば、今野さんとの会話の中でスタンプでのやりとりは初めてかもしれない。

一仕事終えた気分で眠気が襲ってくる私に。

「ユイカ、見てみい。富士山やで富士山。見たことある?」

「慶くん、うるさいよ。少し眠りたいんだけど」

普通に声に出してから、隣の人が私を怪訝な目で見ているのがわかった。

寝たふりをしよう。今のは寝言ってことで。

「大阪まで寝とき、オレが起こしたる」

慶くんの声に、小さく頷いて目を瞑った。

＊＊＊

昨夜、慶くんの泣いている背中を見守っているうちに寝落ちしてた。

その時点で時計の針は二十四時を回っていたと思う。

そして目覚めたのは、明け方四時半。

三日も続けて、あの夢を見れば寝不足なだけではなく疲れてしまう。

泣きながら起きる目覚めはただただ疲れるのだ、心も身体も。

今朝早く、まだ掃除に出掛ける前のじいちゃんに、おはようと声をかけると驚いた顔をしてた。

そりゃそうだ、私がこんな時間に起きてきたことないもんね。

「また、あの夢を見たのかい」

よしよしと私の頭を撫でてくれる優しい手。じいちゃんには、お見通しのようだ。

「じいちゃん、あのね、急なんだけど……私大阪に行ってくる。行ってもいいかな？」

「大阪に……？　どうして？　いつ？」

「今日、これから。今夜帰れるか、明日になるか、明後日《あさって》になるかわかんないけど、でもどうしても行かなきゃいけないの」

私の隣にいる慶くんの姿は、じいちゃんに視えるわけはない。

それなのに、じいちゃんは慶くんのいる方をじっと見つめていた。

「どうしても、その人のために、行かなきゃならんのかい？」

優しく目を細めて慶くんを見ている気がする。

ちょっとおいでと私を連れて、一度家に戻ったじいちゃんから手渡されたもの。

「ちょっと、じいちゃん。こんなにもらえないって。お年玉だってまだあるし、貯金だって」

何か欲しいわけじゃなかったから、今日まで使わずに貯めていたお年玉を持っていた。

旅費はそこから賄《まかな》おうと思っていたのに、じいちゃんから手渡された封筒には数万円が入っている。

「いいから取っておきなさい、もしもの時に使えばいい。それから、わしの友達が大阪におる、若い頃一緒に寺で修行した仲間じゃ」

年賀状の中からハガキを一枚探し出し、手渡された。

「一日一度、連絡は必ず寄こしなさい！　困ったら、このハガキの住所を頼りなさい。昔一緒に修行をした信用のおける友人だ。連絡して、ユイカが行くかもしれないこと頼んでおくから、いいね？」

いつものほほんなじいちゃんとは違って、ものすごく頼りがいがあるように見えるのはなんでだろうか。

「あんたがどなたさんか知りませんけど、この子のことを必ずお守りくださいよ。絶対、無事に帰してくださいよ」

きっと慶くんに向かって、そう呟いて手を合わせるじいちゃんに。

慶くんは「わかりました、約束します」と深くお辞儀《じぎ》をしていた。

じいちゃんからは見えてないし聞こえもしないだろうに。

「必ずユイカを無事に東京に帰しますんで」

そうじいちゃんに声をかけていた。

昨夜のうちに、慶くんの指輪と社員証、それから加奈さんの写真をお借りしたいと連絡し、大阪に出発する前に、社長さんのところに寄った。

写真の彼女を捜せたならば、お渡ししてあげたいのだと説明した。

社長には、加奈さんの詳しい話はせず、慶くんが私の母の遠い親戚の方とよく似ていたから、大阪の親戚に間違いないか確認してもらいに行くということにしていた。

もしも違った時には、またこちらに預かって頂きたいことまでも、図々しくもお願いしてみると快諾《かいだく》してくれて。

社長さんは「見つかるといいな」と祈るような表情で私に、丁寧に袱紗《ふくさ》に包んだ写真やらを託してくれる。

そんな社長さんに今でも頭が上がらない慶くんは、目を潤ませて何度も何度も頭を下げていた。

＊＊＊

新幹線の中の慶くんが、「富士山だ！」とはしゃいでいたのは最初のうちだけだったみたい。

その内名古屋が過ぎて、私が目覚めた頃には、顔つきが少しずつ変わってきていた。

懐かしそうに目を細め、車窓からの流れる景色に何を思っているんだろう。

加奈さんのこと？　それとも……。

私の知らない慶くんを見ているような、少しだけ不安な気持ちになる。

「最初は、どこに向かおうか？」

新大阪駅に到着し、大阪メトロ御堂筋線《みどうすじせん》で梅田《うめだ》まで移動し、イヤホンで通話するふりをして小さな声で尋ねる。

そうしなきゃ、また独り言の危ない少女に見られてしまうから。

「ユイカ！　大阪梅田駅まで歩くで」

ついてこいとばかりに先を歩き出す慶くんの後を急いで追う。

梅田駅から大阪梅田駅までの短い距離だけど、ここが慶くんの生まれ育った街で違いないと感じた。

行き交う人々の話し方が慶くんと同じというだけじゃない。

東京では私の後ろを付かず離れず、せいぜい真横を歩いていたのに、今は何も迷うことなく案内するように、時々私を振り返る頼もしい慶くんがここにいた。

その自然なふるまいに、先ほどから感じていた不安がどんどん増してくる。

このまま、慶くんが振り返らずに、人混みの中に私を置いていってしまうような気がして……。

大阪梅田駅から阪急京都線に乗り十五分ほどで、相川《あいかわ》駅という場所に降り立った。

ホームに降りた瞬間、夏の陽ざしを仰ぐように見上げた慶くんは、まるで本当に『生きている一人の男の子』のようにそこに佇んでいた。いや、違う、生きているのではない、イキイキとしているのだ。

ここは慣れ親しんだ街なんだろうか。

向日葵のように真っすぐに太陽を見上げた慶くんには『帰ってきた』、そんな安堵感と笑みが浮かんでいた。

慶くん、ねえ慶くん？　わかってる？　慶くん？

私、ここにいるよ、一緒にいるんだよ？

私のことをまるで忘れてしまったかのように、振り返らずにスタスタと進んでいく背中を遠く感じると共に、むせ返るような暑さのせいか頭痛と眩暈《めまい》がした。

「ユイカ‼」

十メートルほど離れた場所で、私が立ち止まったことで自ら前に進めなくなった慶くんが振り返る。そうして、私がしゃがみ込んでいることに気づいたようだ。

東京にいた頃は五メートルくらいしか離れられなかったのに、大阪に来てグッと広がっている。

私の不安値と、慶くんの期待値が、比例して距離に表れているみたい。

「ユイカ、あそこのベンチまで歩けるやろか？」

慶くんが示すのはホームにある室内休憩所だった。

どうにかそこまで歩き扉を開け中に入ると、一気に涼しい世界になった。

端っこの席に座り、ふうっとため息をついて熱中症予防に買っておいたお水を喉に流し込む。

次に来る電車まで時間があるのか、休憩所には誰もいなくて、だから。

「慶くん、嬉しそうだね。良かったね、帰ってこられて」

つい、意地の悪い言い方をしてしまった。

ポリポリと頬を掻いた慶くんは、バツが悪そうな顔で私の前にしゃがみ込んでこちらを見上げた。

「はしゃいどるように見えとったんやったら、堪忍やで……。ユイカが、しんどいのに気づかんくてホンマに堪忍な」

別に、と子供みたいに口を尖らせて慶くんから目を逸らす。

今、口を開いたらまたひどいことを言ってしまいそうで唇をかみしめた。

全部私の独りよがりで自分勝手なかまってちゃんの思考だもの。

それがわかってるのに、自分ではどうしようもできなくて沈黙を貫いていると。

「ユイカ、……聞いてもええやろか？」

その言葉に慶くんの顔を見た。

私の顔を心配そうに覗き込む優しい目、こんなに側にいるのに。

こんな優しい表情をするのに。

どうしてこの人は幽霊《オバケ》なんだろうか。

こんなにも鮮やかに私の目には映っているのに――。

「なに？」

見惚れていたことに気づかれぬよう、殊更《ことさら》ぶっきらぼうに返事をした私に、慶くんは少しだけためらってから。

「オレがユイカの側におるようになってから、ユイカが泣きながら目覚めるんはなんでやろか？」

慶くんも、気づいてたんだ。

目を閉じて呼吸を整える。少しだけ小さく息を吐き出して、大きくまた吸い込んで目を開けた。

今までは一年に数回だけだったあの夢を、慶くんが側にいるようになってからは連日見ている。

それはきっとあの日、慶くんから未練の話を聞いて、引っかかっている疑問のせいかもしれない。

そうでなければ、あの夢をこんなに毎日見ることもなかったのではないか。

「慶くん教えて？　慶くんは『未練があったら成仏はできない』って、そう言ってたでしょう？」

黙って相槌《あいづち》を打つように頷いた慶くんに、そのまま聞きたかった全てを投げかける。

「子供だけを残して先に逝くって、どういう気持ちだと思う？　そこに未練はないのかな？」

親のことを覚えていない慶くんに、こんなことを尋ねるのは残酷なことだとわかっている。

さっきから止まらない頭痛は、本当に熱中症になりかけている証のようだ。

「未練……。オレには、ユイカの両親がどんな気持ちで亡くなったかなんて、ようわからんのやけど。ずっと、心配なんちゃうやろか？　オレは、心配やで？」

寂しそうな顔をした慶くんの『心配やで』、それは加奈さんとの間に出来たというお子さんのことだろう。

慶くんの悲しみを思い出させてしまったことに、無神経な言葉を吐いた自分に嫌気がさす。

「ごめん、……、本当にごめん、ね。私、考えなしだった」

慶くんは優しい、優しいからこそ、残してきた加奈さんやその子のことが気になっての未練だったんだし。

やっと思い出して、今からそれを捜しに行こうって時に、なんてこと言っちゃってるんだろう。

「オレの話とユイカのことは別やと思うで？　せやから気にせんといて。それよりも、ユイカの話を教えてほしい、なんも力になれんかもしれんけど。ユイカの泣き声や苦しそうな顔、置いたまんまオレも消えとおないし」

よしよしと私の頭を撫でるフリをした慶くんを見つめたら、堪えていたものが溢れ出して滲《にじ》んでいく。

慶くんの温かさに触れてみたかったな、なんて泣きながら思った。

＊＊＊

私の母さんと父さんは十七年前の冬に、交通事故で亡くなった——。

青信号の横断歩道を渡っている最中のことだったそうだ。

その頃、住職になりたてだった父さんは、高校の同級生だった母さんと結婚し、夏の終わりに私が生まれたばかりだった。

まだ新婚だからと寺のすぐ近くにアパートを借り、親子三人で暮らしていたんだって。

その頃のアルバムの中では、いつも私は父さんに抱っこされていたり、母さんにおんぶされていたり。

時には、じいちゃんや、ばあちゃんに挟まれて写っているものもあって。

どれもこれもが笑顔で溢れる写真ばかりで『温かな幸せ』が、そこにあった。

だけど、私が生まれてから五か月、その幸せは誰かの不注意により、たった一瞬で壊れてしまったんだ。

それは後に、私がじいちゃんから無理やりに聞き出した辛い事故の記憶。

晴れた日曜の朝、私をベビーカーに乗せて、三人で散歩をしていた時だったそう。向かっていたのはお寺の方角だったというから、お休みの日にじいちゃん、ばあちゃんに私の顔を見せるためだったのかもしれない。

突如、鳴り響いたクラクションは、周囲の車からの危険を知らせるサインだった。音に気づき周囲を見渡した時の、父さんや母さんの気持ちは如何許《いかばか》りだっただろうか。

気づいた時には既に遅く、居眠り運転のトラックが、速度を落とさずに横断歩道の真ん中にいる私たちへと真っすぐ向かってきていたのだった。

目撃者の話によると、母は咄嗟に私が乗ったベビーカーを力いっぱい歩道へと向かって押し出した。

父はそんな母を守るように抱きしめて、そうして二人は宙へ高く飛び、道路に叩きつけられたとか。

横倒しになったベビーカーの中で泣き喚《わめ》く私。そして地面へと叩きつけられた父と母は、流血で顔を真っ赤に染めながら、力無くも笑っているようにこと切れていたと。

遠くに倒れていた赤い母さん、赤い父さん。

赤い涙で濡れた顔で、突然の衝撃に驚き声を上げて泣く私を見て、嬉しそうに微笑んでいる。

夢の中の母さんと父さんは、そうして少しずつ消えていく。

逝かないで、逝かないで。

私を置いて逝かないで――。


それは全てじいちゃんから聞いた情報や新聞で知った、私の想像の中の景色かもしれないのだけど。

でも、私は知っている、覚えているの。

妄想なんかじゃない、あれはきっと私の中の記憶なんじゃないだろうか。

＊＊＊

「泣いてたんだよ、泣いてたの、二人とも！　苦しかっただろうに、泣きながら私を見て微笑んでいたの……」

あの時、父さんも母さんも、わかっていたはずだ。

致命傷を負ってしまい、寿命がもうすぐそこまで迫っていることを。

私を残して逝くということも。

なのに、満足げに微笑み合っていた。

ねえ、どうして、そんな笑顔だったの？

私を残して逝っても寂しくはなかったの？

残念ではなかったの？　未練はなかったの？

私を残して逝くことに、少しは未練があったならば、幽霊でもいいよ。

一度でいいから、私に会いに来てほしかった。

抱きしめてほしかった。

泣きじゃくる私の耳に慶くんの声が落ちてくる。

「未練よりもきっと……良かったたって、そう思うたんちゃうか？」

「例えば、未練よりも満足の方が勝《まさ》ったとしたら、どうやろか」

「え？」

「満足……？」

「ユイカを守れたっちゅう、満足や」

言っている意味がわからずに慶くんをじっと見つめると。

「ユイカが無事やった。それだけでユイカの母ちゃんも父ちゃんもきっと満足やったとちゃうやろか。オレやったら……オレなら自分の子供のためやったら、犠牲になって死んでもええし、後悔なんかあらへん」

「っ‼」


——ユイカ‼

私だけでも助けようと、咄嗟にベビーカーを押し出した母の強い決意。

私が無事で良かったと微笑んだ父の優しさ。

赤い母さん、赤い父さん。

赤い涙で濡れながら、私を見て微笑んでいた……。

優しく私を見つめていた、あれはきっと私の最初の記憶で、慶くんの言う通りだったとしたら……。

「そうなのかな、そうだったら、いいな……」

じいちゃんが言っていたんだ。

二人は微笑むように亡くなっていた、と。

二人ともほぼ即死で、出血だって酷かったはずなのに、苦悶の表情ではなく、なぜか満足げに微笑んでいた、と。

休憩所の自動ドアが開き、熱い空気と共に電車を待つサラリーマンが中に入ってきた。

それを合図にハンカチで汗を拭うように涙を拭き、目の前で私を見上げる優しい人に目配せして休憩所を出る。

「話、聞いてくれてありがとう、慶くん」

小さな声で、でも聞こえるように。

「あんな……、絶対に会うわ、オレ」

「ん？」

「ユイカの父ちゃんと母ちゃんに会ってな、ほんで伝えるわ。ユイカは、ええ子やで。

あんなにええ子はおらん、優しい子に育っとったで、って」

慶くんの声にまた涙が落ちそうになっちゃうのを微笑んで堪えて。

「守ってくれて、ありがとう、って。伝えてくれるかな、それから……」

与えてくれた愛の大きさにやっとやっと気づけたこと、それは目の前で微笑むこの幽霊《ひと》のおかげだから。

私の言葉の続きを待つ慶くんに、笑顔を向ける。

「慶くんのこと、よろしくね、って」

「何や、それ」

「だって慶くんはあの世では新米になるんだよ、ちゃんとうちのお父さんとお母さんに色々教えてもらわないとさ、心配だもん」

「はぁ?」

まぁ、ええけど、と笑い出した慶くん。

さっきまでの張り詰めていた気持ちが、その笑顔に溶けて消えていくみたい。

気持ちが全て晴れたかといえば、そうではなく。

だけど、随分と軽くなっている、それは慶くんが話を聞いてくれて。

そして、優しさをくれたから。

「ありがと、慶くん。そろそろ行こうか」

「もう大丈夫なん？　休まんでも」

「うん、平気。で、ここからまずはどこに行くの？」

「ああ、オレが昔、住んどったアパートに行ってみようと思っとるんやけど」

慶くんのアパート、……いよいよだ。

彼の痕跡が残る場所を訪ね歩く旅のハジマリ。

西暦二〇〇三年の世界が、まだそこに残っていますように。

彼の知っているものが、実在していますようにと祈り、歩き出す。

駅から十五分、小さな古びた商店街を抜け、細い住宅街の道をいくつか曲がる。

慶くんは気づかわしげに、私を何度も振り返って。

「いけるか？」

と、もう二度と私を置いていかないように待っていてくれる。

その仕草に、先ほどまであった不安は無くなった。

頭痛が大分楽になったのは、それもあるだろう。

「あの角を左に曲がったら見えてくるはずや」

「ねえ、慶くん、私が先に行こうか？」

「大丈夫や」

ショックな結果にならないように、一応そう声をかけたものの、慶くんは大丈夫と強く頷いているから任せることにした。

だけど、角まで来て左側に顔を向けた慶くんは、小さく「アッ」と呟いて立ち止まる。

追いついて慶くんの見ている方向に顔を向けたら、そこにあるのは普通の住宅と大きな駐車場付きのスーパーだった。

アパートと呼べるような建物は、どこにも見当たらない。

「ユイカ……、オレが寝てたとこ、野菜売り場にでもなってもうたんやろか」

「肉売り場かもしれないよ」

呆然と、だけどきっと精一杯の冗談に、普段は言い慣れないボケで私も返事をしたけれど、ショックだよね、一つの手がかりが消えちゃったんだもん。

自分が住んでいたはずの場所が消えちゃってるんだもん。

がっかりしてるだろう慶くんに、どう声をかけようかと悩んでいたら。

大きなため息を一つついて、腕をう～んと伸ばしてから、振り返った慶くんは笑っていた。

「まぁ、二十年も経っとったら、あり得るんちゃう？　ボロかったしな」

最初から期待してたわけじゃない、とアハハと笑ってる。

本当は落ち込んでいるだろうに、それを私に見せまいとして無理しているみたい。

「ほな、次行こか。駅戻るけど、その前に少し休もか」

「大丈夫だよ、次はどこ？」

休んでなんかいられない。慶くんの手掛かりを早く探し出してあげたくて、気が逸《はや》る。

「南茨木《みなみいばらき》駅、加奈が働いてた美容室と寮があった場所や」

ドキリとした。

早くも加奈さんに出会ってしまうかもしれないことに。

あんなにも加奈さんに会わせたいと思っていたはずなのに、それはもう少し先であってほしい、なんて。

なんだか私、矛盾している……。


十分もかからずに着いた、相川駅から三つめの南茨木駅。

こんな近くに、二人は住んでいたんだ。

南茨木駅に降り立っての印象は、大きな街というイメージだった。

駅前に広がるロータリーも車道幅も相川駅より広い。

高架下を抜けると、大きな道路沿い近くの交差点に神社があった。

猛暑にありながらも、その一角だけ涼しげな空気が流れてるのは、神聖な場所だからだろう。

関西の夏は、まるでサウナにでも入っているようだった。

東京だってそれなりに夏場の湿気はひどいけれど、それ以上に感じた。

初めて感じる息苦しさ、鼻からも口からも入ってくる湿った熱い空気。

経験したことのない夏に、歩き続けていると、弱っていた身体にまた疲労が溜まってくる。

「ユイカ、ホンマにしんどないんか?」

私の様子に気づき、心配そうな顔で立ち止まった慶くん。

さすがに、少しだけ涼しさが欲しくなる。

「ちょっとだけ、そこのコンビニで涼んでもいいかな」

「ちょっとだけやなくてええから。ユイカが楽になるまで、ゆっくり休みや」

私を気遣う視線の慶くんを伴って、目の前にあるコンビニに入ると一気にまとわりつく空気が変わる。

奥にあるイートインコーナーにアイスコーヒーのビッグサイズを買って、エアコンの風があたりやすい場所に座り込んだ。

一角では、男性店員さんが掃除をしていて、その人は一瞬私の顔を見てからレジの方に行き、また戻ってきたかと思うと。

「これな、めっちゃええねんで？」

と、突然私に話しかけてくる。

店長と書かれた名札をつけていたそのおじさんが、手に持っていたのは、『冷え冷えパック』とかかれた瞬間冷却剤だった。

パンッと上から袋を思いきり叩いて私の掌に乗せてくれる。

瞬間冷却剤の中の水袋が破れて、一瞬で冷たくなった。

「涼しいやろ？」

その優しそうな笑顔に、どうしたらいいのかわからずに固まってしまう。

もしかして、押し売り、とか？

「ねえちゃん、真っ赤になっとるで、首元これで冷やしときや？　お金はいらんで、涼んだら気つけて帰りや？」

ボーッとしていた私に微笑んで、また掃除に向かう店長さん。

「ありがとうございます‼」

慌てて立ち上がって挨拶をした。

押し売りかも、なんて嫌なこと思っちゃって、すみません。

店長さんは人のいい笑顔を返してくれて、心が温かくなる。

慶くんもだけど、関西の人の優しさや気遣いは深い。

それが嬉しかったから、感謝の気持ちも込めて、店内を出る時にレジ前の冷え冷えパックを三つ、掃除を終えてレジにいた店長さんのもとに出した。

「おおきに」

そう言いながら、もう一個オマケしてくれた店長さんの明るい笑顔を、慶くんはじっと見つめて不思議そうな顔をしていた。

「慶くん、どうしたの？」

コンビニを出て、冷え冷えパックで首筋を冷やしつつ、慶くんの横に並び歩く。

さっきから無言なのが、なんとなく気になる。

「ああ、堪忍、ぼうっとしとったわ。ユイカ、もう気分はええの？」

「うん、大丈夫。涼しくなったら大分いい感じ。もうすぐなんでしょ？　加奈さんの働いてた場所」

「もうすぐ、ちゅうか、あのビルの二階なんやけどな？」

コンビニから出て五分、慶くんが指さすのは横断歩道の向こうにある古いビルのことだ。

その二階の窓には、ローン会社の宣伝が大きく貼られている。

美容室ではない、それは慶くんも一目でわかってしまったようで。

「しゃあない」

自分の住んでいた場所にスーパーマーケットが建っていた時と同じように、諦めたみたいな笑みを浮かべている。

「加奈さんの寮は？　この駅にあるんでしょ？」

「店が潰れてもうたんやろ？　昔から、駅から遠いわであんま儲かってるようでもあれへんかったし。……そやから、もう寮もないやろしなあ……、まあ、ええねん」

寂しそうに笑う慶くんが駅に向かって引き返すように歩き出す。

良くない、絶対に良くない、諦めたくないよ！

「ダメだよ、慶くん。もしかしたら本当に無いかもしれないけれど、ちゃんと確かめようよ。自分の目で見るまで諦めちゃダメだよ」

たとえ二十年の時が経っていたとしても、ここで諦めるわけにはいかない。

いや、経ったからこそ、尚のこと。些細な手がかりでも探していかなくちゃいけない。

『不動慶』の存在を知っている人を探さなくちゃ。

そうじゃなきゃ慶くんは――。

「ユイカ、なんで泣くん？」

心配そうに伸びてきた指は私の頬には触れられず。

そのもどかしさに慶くんが小さな舌打ちをして、悔しそうに笑えない冗談を言う。

「指一本でもええから、生き返られへんやろか。ユイカの涙も拭ってやれへん」

私も、触れてほしい。その指に触れてみたい。

そうあってほしい、なんて願ったって無理なことはわかってるけれど、胸が苦しい。

「泣いてないよ、汗だから。ねえ、早く行こうよ。案内してよ、慶くん」

ゴシゴシと汗を拭うように顔を擦って、必死に慶くんを急《せ》かす。

「……、そないにかからんわ」

背を向けて歩き出す前に見せた、その悲しそうな顔が意味すること。

私の体の疲れを心配してくれているのと、手がかりがまだ見つからないことへの絶望感だろう。

大丈夫、私が見つけるから、と自信を持って伝えられないことがもどかしい。

土地勘のない大阪では、慶くんの記憶が全てだった。

＊＊＊

南茨木駅への帰り道、慶くんの口数がますます減り始めていた。

思った通り、加奈さんの住んでいた寮も、もうなかった。

手がかりが全部消えた瞬間に、慶くんは自分を納得させるみたいに小さく頷いていた。

もっとも慶くんが東京に出稼ぎに出た時に、加奈さんも慶くんのアパートに引っ越したというし。

その寮に今でも住んでるなんてことは、私も慶くんも最初から思っていたわけじゃない。

ただ、もしかしたら現在の加奈さんの行方を知っている人がいるかもしれないと、かすかな希望を持っていた。

それが途絶えたのだ……。

「駅に戻るで。歩けるか？　ユイカ」

時々振り返っては、私の身体を心配するだけの慶くんに不安になる。

次の目的地を口に出さないのは、もしかして、もう諦めてしまってるんじゃないかって。

だから――。

「次はどこに行くの？」

「施設に行こうかなと思っててん、あるかないかわからんけど」

施設!? ちゃんと次の行先を考えていた慶くんに心底ホッとした。

「慶くん、施設の名称わかる？ 変わってなければ、あるかどうかわかるかもよ？」

二十年前にはなかった文明の利器である『スマホ』を鞄から取り出して見せる。

「それで調べられるん？」

「うん、教えて？」

「大阪吹田《すいた》学園や」

大阪吹田学園、と入力して。

検索ボタンを押す前に一緒に覗き込んでる慶くんを見て指を止めた。

「何？」

私の視線を感じた慶くんが首を傾げる。

「もしね、施設が無くなっていても、慶くんが知っているその場所には連れてってくれるかな？」

「……あれへんのに？」

「名称が変わってることだってあるよ、それにそういった施設なら市役所で聞いたらきっとね」

希望は捨てないで欲しいと祈る思いで慶くんを見上げると。

「ホンマ、ユイカには敵《かな》わんわ、……おおきに」

約束すると実体のない小指を差し出すそぶりをする慶くんに、微笑んで検索ボタンを押した。


相川駅に戻り、そこからバスで十分ほどの場所に目的地はあった。

バスは今出たばかりで、次のバスが来るまでは、後四十分ほどかかる。

時刻は既に十六時半。

夏だから明るいけれど、それでも後二時間もしたら日は暮れ始めるだろう。

「歩いて、行けないかなあ？」

「歩けんこともないけど……二十分以上かかるで？　それやったら次のバス待ってた方がええんちゃう？」

「行けるんなら行こう？　早足で歩いたら十五分くらいで着くかもしれないでしょ？」

……なあんて推測は甘かった、早歩き五分で既に音《ね》を上げそうになる。

言わないけれどね。

言ったら慶くんはきっと、だからバスの方が良かっただろうって、心配しちゃうだろうし。

検索結果の中に、大阪吹田学園が、今も存在していた。

住所も以前慶くんが記憶していたその場所だった。

写真も載っていて、それを見せたら懐かしそうに目を細めて。

「この木に登っては園長によう怒られたわ。外観はもっとくすんどったけどな、塗装したんやな、きっと。建物は変わっとらん」

学校みたいなコンクリートの大きな建物。

そこに、下は二歳くらいから、上は十八歳まで、事情があって親元で暮らせない子たちが常時三十人ほど住んでいると以前言っていた。

慶くんや加奈さんは中学校卒業と同時に施設を出たけれど、高校に行きたい子は相談すればそこに残ることもできるらしい。

大阪吹田学園が現存するとわかったことで、慶くんの憂いが一気に晴れたようだ。

私の知らない昔の鼻歌なんかも出てきている。

慶くんにとっては、実家に帰る、そんな気持ちなのかもしれないね。

二十年ぶり、もしかしたらそれ以上の帰省だもんね。

今まで訪れたところはもう全て変わっていたけれど、長く住んでいた場所が、今度は形として残っているんだもん、そりゃ嬉しいよね。

私の思う、不安などはきっと外れていればいい。外れていないと困るんだ。

また慶くんが悲しい顔にならないようにと祈るばかりだった。

へとへとになり、ようやく辿り着いた先に大阪吹田学園はあった。

途中で何度か休んじゃったから、結局三十分近くかかったと思う。

辿り着くと同時に、十七時の鐘が街に、そしてこの学園の中からも鳴り響いた。

門の前のインターホンは、慶くんいわく新しいものになっていた。

恐る恐るそれを押すと、奥に見える玄関と思《おぼ》しき少し開いたドアの中からピンポーンと鳴る音が聞こえた。

その音に反応してか、わいわいと小さな子供たちが顔を覗かせる。

二十数年前はきっと、慶くんもあの中の一人だったんだ。

『はい、少しお待ちください』

女性の声がインターホン越しに聞こえ、私と慶くんは緊張の面持ちで待つ。

大丈夫、念入りにさっき慶くんと打ち合わせした通りに話せばいい。

慶くんも大丈夫だと私を見て強く頷いていた。

ドアの奥から現れたのはエプロン姿の年配の方だった。

慶くんはこの方を知らないらしく、首を傾げている。

「何ぞご用でしょうか？」

口調は柔らかいけれど、顔も見たことのない私に、明らかに訝《いぶか》しげな視線を投げかけてくる。

うっ、不審者として警戒されちゃってたり、しない？　しないよね？

慌てて、顔の筋肉を緩め口角を上げて笑顔を作る。

「あの、板倉《いたくら》はるか園長先生はいらっしゃいますか？　亡くなった母の知り合いを捜していて、こちらの園長先生ならばご存じかもとお聞きしまして」

「……、誰が言うとるんでっか？　そないな話を」

私の話を聞いた途端に突然顔つきが険しくなり、言葉もきつい関西弁へと様子が変わった。

「え、っと……、亡くなった母がそう言っていたと。それで」

「板倉園長はもう十年も前に亡くなりました。そやのになんで今頃……？」

ああ、私が思っていた不安が的中した。

園長先生が亡くなっていたことが想定外だった慶くんは、ショックを受けてしゃがみこんでる。

どうしよう、この後の展開まで話し合えてなかった。

もしかしたらとは思っていたよ。

亡くなってるとまでは考えてなかったけれど、二十年経って外観はそのままでも、中で働く人が同じだとは限らないんじゃないか、って。

そう思っていたというのに、自分の詰めの甘さに後悔する。

「あの、どなたでもいいんです。二十年前にここで働いてた方か、もしくはこの学園出身の方を教えて頂けないでしょうか？　何か名簿などはありませんか？」

矢継ぎ早にそう言ってしまったことを、私はこの後すぐに後悔したのだった。

私の話を聞き、ピクリとその方の頬が動いて、それから。

「少々お待ち頂けますか？　昔の名簿を探してきます。少し時間がかかるかもしれませんから、どうぞ玄関でお待ちください」

キイッと錆《さ》びた門扉《もんぴ》を開けてくれて、中へと通される。

「玄関《ここ》でお待ちくださいね」

歓迎されているムードではなく、私のことを明らかに怪しんでいるような顔をしている。

スリッパを履いて古い廊下をギイギイと歩いていく職員さんを見送って、って、あれ⁉

その職員さんの後ろを慶くんがついていってしまう。

そうか、もう十メートルくらいなら、私から離れて歩けるんだもんね。

玄関前を通る子供たちは、みんな人懐こくて「こんにちは～！」と気軽に私に声をかけてくれる。

慶くんの後輩くんたち、いい子だな。挨拶できる子はいい子だって、じいちゃんが言ってたもん。

エアコンもない、むうっと湿った空気が籠《こも》る玄関で汗だくになりながら、私は後どれくらい待たされるのだろうか。

関西の夏の暑さにここにきてまた洗礼を受けている気分だ。

まだきっと五分も経ってないだろうけれど、暑さで倒れてしまいそう、と。

新しい冷え冷えパックを叩き、首や火照《ほて》った頬にそれをあてがった、その時だった。

「ユイカ、行くで」

何やら焦った顔をした慶くんが、職員さんと一緒に入ったはずの部屋の扉をすり抜け、必死の形相で玄関に戻ってきた。

「なに？　なんかわかったの？」

小声で慶くんの焦っている状況を確認しようとしたけれど。

「ええから！　走れるか、ユイカ？　全速力やで」

「え？」

「逃げるで！　もうちょいしたらサツが来る！」

サツ……？

「警察や、警察！　オバハンがお前のこと怪しんで通報しよった‼」

ええっ？　なんで⁉

吹田駅前だと私を捜す警察官がいるかもしれない。

服装や年齢、人相などでマークされているはずだと。

慶くんの助言に従って、めちゃくちゃしんどかったけれど、相川駅までまた徒歩で戻って、そこから電車で移動することにした。

「アホやろ、ユイカ」

「え?」

人通りの少ない道を選びながらの道中で、慶くんが呆れた顔で独り言のように呟く。

「誰でもええから二十年前のことを教えろ、名簿持ってこい、ってそら不審がられて当然やろ」

「だって」

だって、あの時は必死だったんだもん。

何とかして慶くんの手がかりが欲しかったし。

「ねえ、慶くん、やっぱり戻ってちゃんと説明したら、いいんじゃないかな? そしたら名簿だって見せてくれるかも」

「アカンて! 補導されるで? いくら、じいちゃんが、ええ言うて大阪におったって。家出少女やって補導されたら、じいちゃんにも迷惑かけることになるんやで?」

「でも、せっかく大阪吹田《あそこ》学園に慶くんの手がかりがあるかもしれないのに」

「ユイカのこと犠牲にしてまで知りとうない」

鋭い視線で私を睨み落とした慶くんからは、ビリビリと緊張した空気がただよっている。

「もう、ええ。帰るで、ユイカ。東京に戻ろう」

覚悟を決めた顔で私を見つめた。

なんで？　なんでよ？

「……絶対、イヤ」

「は？」

「絶対にイヤ、明日は市役所に行くから。事情説明して調べてもらえばきっと」

「アホちゃう？　また同じやで！　通報されてオシマイや。それになんて言うん？　二十年前に死んだ男の未練を探す旅をしてます、教えてください、って？　頭おかしいて思われるに決まっとるわ！」

「そんな言い方しなくてもいいじゃない。なんで、すぐ諦めるようなこと言うの」

「もう、ええんやって。オレのせいでユイカに迷惑なんかかけとうないんやって」

平行線のまま睨み合ってる私と慶くん。

時折通りかかる人は私のことを気味悪そうに眺めては、大回りしながら通り過ぎていく。

でも、人の目なんかもうどうでもいい。

私は……、私の気持ちは。

「私のことなんか、どうでもいいの！　大阪に来たのは何のためよ。慶くんは、もっと自分のことだけ考えてよ、時間がないんだよ？」

あなたを待ってたはずの加奈さんに。

家族に、会える時間だって、どんどん少なくなってるんだよ？

誰にも会うことができないままで、慶くんを煤になんかしたくないんだ。

「どうでもええわけないやろ」

不服そうな顔をして慶くんは私を睨み返す。

「今のオレにとって、ユイカは大事な家族みたいなもんや。これ以上危険な目にあわせとうない」

慶くんの言葉に、心がじわりと温かくなった。

でもね、私だってそうだよ？　慶くんのことが大事なんだよ。

私たち、きっと同じ気持ちなんだよ？

「ねえ、慶くん、ここから崇禅寺《そうぜんじ》駅って近い？」

慶くんの話には答えずに、一方的な質問をした私に小さいため息をついて。

「路線同じやし、すぐや」

「じいちゃんの友達が、その駅の近くでお寺さんをやってるの。今夜は、そこにお世話になろうと思ってて」

じいちゃんが持たせてくれたハガキの住所をさっき調べたら、最寄り駅がわかった。

「東京、帰らんの？」

「まだ帰らないよ。明日も捜すから、付き合ってね、慶くん」

私の意志が固いことに気づき、慶くんは大きなため息をついて、金髪頭をガシガシと掻いた。

「市役所は絶対アカンで？」

「じゃあ、何か他に手がかり思い出してよ、慶くん」

慶くんはようやく、小さく頷いて。

「ユイカには敵わんわ、オレよか全然強いやん。なんで諦めへんの？　自分のことやないのに」

と、自嘲気味に笑うから、その顔をムッとしながら睨む。

「慶くんだからだよ」

「は？」

「慶くんはね、私に大事なこと教えてくれたんだよ。今日、相川駅《えき》のホームで」

『ユイカが無事やった。それだけでユイカの母ちゃんも父ちゃんもきっと満足やったとちゃうやろか。オレやったら、……オレなら自分の子供のためやったら、犠牲になって死んでもええし、後悔なんかあらへん』

ずっとあの夢を見続けてきた、小さい頃から幾度も幾度も。

怖かった、悲しかった、とってもとっても辛かった。

それをあのほんの少しの時間で、慶くんは私の気持ちを楽にしてくれたんだよ？

「今度は私が慶くんを助けるの、警察なんか怖くないんだからね！」

本当はちょっとだけ怖いから、これは精一杯の強がりだ。

多分その強がりに気づいている慶くんは苦笑して。

「ほな明日、後一軒だけ付き合うてくれるか？　どうしても、確かめたいことがあるんや」

ようやくいつもの優しい顔をした慶くんに戻ってくれたことに、ひとまず安堵した。

＊＊＊

「お世話になります」

じいちゃんに泊まることを連絡したら、既に光圓寺《こうえんじ》には連絡済みだと教えてくれた。

もしかしたら孫が訪ねていくかもしれないと話してくれていたそうで、布団やお夕飯の用意をし、私の到着を住職とその奥さんが待っていてくれた。

「坂口《さかぐち》です。東京から、よう来たなあ。斎藤結夏ちゃんやね？」

うちのじいちゃんよりも少し若い坂口さんが、私を見て懐かしそうに目を細める。

「小さい頃の面影がまだ、あるわ……、ホンマ大きいなって」

よく来た、よく来たと、私の頭を小さな子を撫でるようにして、中へと招き入れてくれた。

「まずは、ご飯や、好き嫌いはありまへんな？」

「はい、お寺の子ですから」

優しい笑顔の坂口さんの冗談に私も冗談で返した。

坂口さんは奥さんと二人暮らし、息子さんと娘さんはそれぞれに結婚して近くに住んでいるらしい。

私と会うのは二度目だと話してくれた。

いつとは言わないけど、父と母が亡くなった時に、来てくれたんだろう。

何度も、あんなに小さかったのに、こんなに大きくなってと嬉しそうに目を細めていた。

私がお風呂を頂いている間に、奥さんが和室に敷いておいてくれた布団、枕もとには氷の入った麦茶ポット。

明日はゆっくり寝ててもいいと言ってくれたけれど、せっかく別のお寺にお泊まりするんだし、朝の修行を体験することにした。

「ユイカ、疲れたやろ？　話は明日にしよか」

「う、ん……、ごめんね、慶くん……」

パフッとうつぶせで枕に顔を埋めたら、何だか家にいるみたいな気持ちになるのは不思議だ……。

お寺の子は、どこのお寺でもこんな風に落ち着くのかな？

染み付いたお線香の香り、畳の匂い、無音の世界。

「おやすみ」

慶くんの声に安心して、深い眠りに落ちた。

DAY6

眠りが浅くなってきた中、振鈴《しんれい》の音が聞こえてきた。

目覚めの合図だ。

目を開き、時計を確認すると五時二十分、夏の日の出と同じくらいの起床。

家ならばまだ夢の途中、だけど今日は違う。

匂いは似ていてもよそのお寺さんであることに気づき、背筋を伸ばして、布団を畳み、素早く着替える。

朝の身支度を整えて、六時からの座禅のために本堂へと移動した。

「おはようございます」

既に本尊様に経を唱え終えた坂口さんが、私を振り返る。

「ユイカちゃん、よう眠れたかい？　暑うなかった？」

「大丈夫です、エアコンも効いてましたし、ぐっすり眠れました」

私の返事に、そら良かったと微笑んでくれて、朝の修行が始まった。

座禅は七時まで休憩を挟んで二回、それから朝課《ちょうか》といって経を読む。そして掃除、八時にようやく粥座《しゅくざ》といってお粥《かゆ》の朝食となるのだ。

通常の粥座ならば本堂にて、静かに頂くのだけれど、今日の修行は私一人。ならばと坂口さんの奥さんの計らいで、自宅の方でゆっくりとお話を交えながら食べることとなった。

「さすがユイカちゃん、経を読み上げるのがうまいなあ」

坂口さんのお世辞に苦笑した。

「じいちゃんには、まだヘタクソだって笑われてます」

「斎藤さん、孫に厳しいんとちゃう？　わしやったら大合格くれてやるのに」

そう笑いながら坂口さんは時折私の左側を気にしている。

慶くんがいる場所だ。

昨日到着してから時々、坂口さんの視線が慶くんにあるような気がした。

やはり住職さんは、雰囲気で感じ取ってしまうのだろうか。

「今日も泊まっていくやろ？　それやったら、大阪の観光案内でもしようと思うねんけど」

坂口さんの奥さんの親切な申し出に、慌てて首を横に振る。

そうか、じいちゃんからはきっと、高校最後の夏の思い出に大阪観光とでも聞かされているのかも。

「泊めて頂けたらありがたいんですが、実は大阪にいる友達に会うことになっておりまして」

ああ、嘘は心が痛い。けれど、正直に全部話すことはできない。

「ただ、その友達とまだ連絡が取れないんです。今日はその子の自宅の方に訪ねていってみようと思うんですが」

「ほな、会えたらその友達のお宅に？」

「もしかしたら……、会えたら東京に戻るかもしれませんし。あ、でも会えなかったら、もう一晩泊めて頂いてもいいでしょうか？」

加奈さんに会えなければ明日も捜すしかない。

できれば今日中に二人を会わせてあげたいけれど。

「勿論、ええよ、すぐに連絡よこしんさい、待ってるでね」

優しい丸顔の坂口さんの奥さんは、亡くなった私のばあちゃんにどこか似ていて、そのふんわりとした笑顔を見ていると何だか安心する。

そして坂口さんはというと。

「会えても会えなくてもええ、暗くならんうちに帰っておいで。ユイカちゃんがこっちにおる間はうちの子や」

昨日出会った時のように私の頭を撫でまわしてから、その瞳がまた慶くんを捉えて。

「ユイカちゃんが大事なうちの子やから、言うで？　あんなあ、ニイチャン、生きてる子とあまり長く一緒にいるのはアカンよ！　本来、生きてる人と亡くなった人は、おる場所がちゃうんやからね？　負担がかかってるんよ、この子に。顔色も悪いやろ？もしな、あんたの行先が決まっとらんかったら、ここで上げさせてもらうけど、ええか？」

坂口さんの顔からは、笑みが消えていた。

真剣な目で私の左側にいる慶くんをじっと見つめている。

慶くんもまた、とても、悲しい顔をして坂口さんの目を見つめていた。

「坂口さん、お世話になりました。今日はこちらには戻りません」

咄嗟に慶くんと坂口さんの間に立ち塞《ふさ》がり、荷物を持った。

私は自分の意志で慶くんと一緒にいるのだ。

事情も知らない坂口さんに、いきなり成仏《あげ》させられちゃうとかありえない。

絶対にそんなことさせない。

「おお、怖っ！　ユイカちゃんが怒ったらそないな顔するんやな」

と私の顔を見て怖がる素振りをした坂口さんは。

「無理やりはせえへんよ、このニイチャンが悪さをしてるようには視《み》えへんし」

視えてた？　やっぱり、最初からずっと視えていたってこと？

「坂口さんには、彼が視えてるんですか？　どんな風に視えてます？」

「ド派手な金髪頭で、ツリ目の、背の高いニイチャンやろ？　ヤンチャそうやけど優しい顔しとるな。まだ若いのにニイチャンも難儀やなあ。なんの事情でユイカちゃんと一緒におるん？」

人相までハッキリと言い当てた坂口さんに驚き、慶くんを振り向くと。

慶くんも私と同じように驚いて目を大きく見開いていた。

「事情だけでも聞かせてや、ユイカちゃん。この爺さんでも何か役に立てるかもわからんで？」

どうしようか、と慶くんを見上げて話しかけてみた。

「坂口さんに、事情、話してもいい？　慶くん？」

「ユイカに任す。さっきは驚いたけど、悪そうな人には見えんし」

小声での私たちのやり取りに坂口さんは笑った。

「すごいな、ユイカちゃんは。仏さんと話もできるんやな」

どうやら慶くんの声までは、坂口さんには聞こえていないみたい。

「私に任すって……、この人、不動慶くん、って言います」

私の紹介に坂口さんは不思議な顔をした。

「不動……？　不動さん、やろ……？」

ブツブツと何か考えながら独り言ち出した坂口さんに、私と慶くんは首を傾げた。

「場所替えよか」

坂口さんが奥さんに向かって目線で本堂に行くと告げる。

「後でお茶持っていきますね、話終えた頃でええやろか」

何もかもわかってるような顔をした奥さんに見送られて、先ほど朝の修行を積ませてもらった本堂へと戻る。

座布団を二枚並べて出してくれたのは、きっと慶くんも座れるようにとの坂口さんの気遣いだ。

それから小一時間かかって、坂口さんに全てを話して聞かせた。

渋谷で慶くんと出会った日のこと。

私を運命の人だと言って、ついてきちゃったこと。

安念寺の政ジイちゃんの協力で、交通安全地蔵を建てた矢部さんや、慶くんの事故を担当した佐々木警部補に辿り着いたこと。

それから、慶くんが働いていた会社の社長さんのこと。

ここにいられる期限は明日までで、未練を探して成仏するか、さもなくば慶くんは煤になってしまうかもしれないことも。

大阪で捜しているのは慶くんの奥さんになるはずだった、加奈さんという女性であること。

一通り聞き終えた坂口さんは静かに頷いて、それから。

「ユイカちゃん、不動って苗字、大阪にもそうそうないんやわ」

「え？」

ないって？　じゃあ慶くんを知っている人はここにはいないの……？

絶望的な気持ちで、唇を噛みしめた私を見て坂口さんが慌てて首を横に振る。

「ちゃうで？　全然ないわけやなくって、ほんの少ししかおらん、ちゅうことや」

私の勘違いを正してくれるように言い直した坂口さんの話が本当ならば――。

「珍しい苗字やし、十軒もないんとちゃうやろか、残念ながらウチの檀家さんには一人もおらんのやけど。夕方までに知り合いの住職に電話して聞いてみるよって」

お盆が近づいたこの時期、どこの住職さんも忙しいだろうに。

坂口さんだって、きっとそうなのに。

「いいんですか？」

「ええよ。せやかて、この仏さん、悪さするようには見えへんし。何やよう見たらユイカちゃんのボディガードみたいやんけ！」

坂口さんに、アハハと笑われた慶くんは一瞬むくれたけれど。

「ユイカ、オレがおるせいで体調悪くなってたんやな？」

と不安そうに私を見る。

「そんなことないよ、夏バテは毎年だし。大丈夫だから、ね」

慶くんを安心させるために語り掛けた私の言葉に、坂口さんは気づいた。

「ユイカちゃんの体調のこと心配しとるんやったら、その通りやで？　大体な、普通の人間かて幽霊に取り憑かれたら、疲れてまうんやし、ユイカちゃんみたいに視《み》える人は、相当疲れるんよ」

慶くんはそれを聞いて、やっぱりかと、ショックを受けたように、俯いた。

坂口さんは、そんな慶くんを見て困ったように笑って。

「せやけど、ニイチャン。ユイカちゃんのことよりも、あんたの方がもう『もたん』

やろ、ホンマは」

もたん……？

「しんどいんやろ？　もう」

私じゃなく慶くんを見て話しかける坂口さんの言葉の意味を、呑み込めないでいた。

「消えかけとるで」

真剣な目をした坂口さんに、静かに頷く慶くん。

「嘘？　だって七日目は明日だよ？　まだもう一日あるはず、そうでしょ？　慶くん！」

「ユイカちゃん、蝉《せみ》かて一日目の蝉と六日目の蝉、比べてみいや？　少しずつ元気のうなるやろ？　この仏さんも、ちぃと気い抜いたらすぐやな？」

すぐって……、背筋がぞわりと粟立った。

嘘だよね？　慶くん。

そんなこと今まで何も言わなかったし。

違うよね？　と覗き込んだ私に慶くんは何も言わず、だけど心配をかけないように微笑んでくれた。

本堂の開け放した縁側から聞こえるクマゼミが、シャッシャッとけたたましく鳴いている。

吹き込んでくる風は蒸し暑いのに、なんで私は冷や汗をかいているんだろう。

慶くんの姿が一瞬透けて見えた気すらして怖くなった。

「ダメだよ、慶くん、お願いだから明日まで頑張って！　加奈さんのこと、絶対に見つけてみせるから、ね？」

突然、消えないで。逝かないで。

置いて逝かれる寂しさは、もう嫌なの。

この一週間、誰よりも私たち一緒にいたんだよ？

あなたにたくさんのことを教えてもらったのに、私はまだ何もできていない、何も返せていない。

「大丈夫や、ユイカ、まだ消えへん。約束する」

パニックになりかける私の頭を、何度かそうしてくれていたように、撫でるふりをして微笑む慶くん。

実体がないことがこんなにも悔しいなんて。

慶くんの掌の感触を感じてみたいのに。

「まあ、気張ってるうちはまだええかいな？　イケるか？　ニイチャン」

坂口さんの言葉に頷き、ピッと親指を立て、いつものように八重歯を零して明るく笑う慶くん。

坂口さんもその真似をするように、親指を立てて笑う。

「ほな、今日行くはずやったとこだけ行こか、ユイカ」

私を促すように立ち上がる慶くんに、頷いた。

「坂口さん、夕方までに戻ります。もし慶くんのこと、何かわかったらご連絡頂けないでしょうか？　どうか、よろしくお願いいたします」

「もちろんや。ユイカちゃんも何かわかったらすぐ報告してや？　ニイチャンも、しんどなったら、無理はせんとき？」

きっと、それは明日には消えゆく慶くんに、苦しむな、と促してくれる優しい言葉。

そうしてあげたなら、慶くんは楽なのかもしれない。

でも、それでも、私はまだ、慶くんと一緒にいたい。

もっと一緒にいたい。

最後の一秒まで——。

＊＊＊

昨日と同じように相川駅方面に向かって到着する電車が、ホームに入ってくる少しの騒音の中、気になっていたことを尋ねてみた。

「慶くん、もしかして吹田学園にもう一度行こうとしていた？」

補導されるかも、と脅された場所だからちょっと不安になってしまったけれど、今のところ一番手掛かりがありそうだし、行くならば私も覚悟を決めなきゃ、と慶くんを見上げた。

「んなわけあるかい！　取り敢えず、南茨木駅で降りるで」

苦笑して首を横に振る慶くんにホッとした。

南茨木駅といえば、加奈さんの働いてた美容室とその寮があった場所だ。

昨日確認したら、どちらももうなかったけれど、なにか思い出した場所があるんだろうか。

駅に降り立って、すぐに昨日と全く同じルートを歩き出す慶くんについていく。

「どこに行くの？」

「コンビニや」

あの美容室が入っていたというビルで周辺調査とか？

「コンビニ？」

今日もタオルに巻いて首につけている冷え冷えパック。

昨日、これを買ったあのコンビニ？

「あの店長の名札、見とったか？　ユイカ」

「ううん、店長って書いてたのしか覚えてない」

店長さんが、優しい笑顔だったのは覚えてるんだけどな。

「友達かもしれへん。だいぶオッサンなっとったから、確信持てんかったけど」

確かにあの店長さんはちょっとお腹が出ていて、慶くんとは全然違う。

でも、慶くんが二十年経っていたら、やっぱりオジサンなのかな？

慶くんを上から下まで見回して観察するけど、違う気がする。

慶くんならかっこいいオジサンになってたかも、なんて贔屓目《ひいきめ》が出てしまう。

「友達って、吹田学園の時の？」

「そや、田辺和己《たなべかずみ》や、アイツやったら加奈の行方も知っとるかもわからん」

少しだけ私の足が早まったのを感じた慶くんは。

「焦らんといてユイカ、また空振りやったら二人して倒れてしまいそうやし」

ゆっくり行こうや、と優しい笑顔で私の足取りを緩めさせた。

＊＊＊

コンビニのガラス窓の向こう、伸び上がって店長さんを探す。

昨日のようにフードコートの方で掃除してたりして？

背伸びをしたら、同じような動きでガラス一枚隔てた向こう側で立ち上がる人がいた。

バチッと至近距離で目が合って思わず。

「うわっ」

と後退ってから、あの店長さんであることに気がつき、慌てて愛想笑いを浮かべペコリと頭を下げる。

私の顔を見て首を傾げ、誰だったかな？　と考えているようだけれど。

口元が、「あっ」と開いて、それから笑みを浮かべたのを見ると思い出してくれたようだ。

「こんにちは」

おずおずと店内に入り店長さんのもとへ向かう。

「昨日は、あの後大丈夫やったん？」

「おかげさまで、コレ、すごくいいです」

と今日もタオルに巻いて首筋につけている冷え冷えパックを示すと笑っている。

名札には確かに【田辺店長】と書かれていた。

慶くんの顔をチラリと盗み見ると目が合って、うんうんと頷いているから、やはり間違いないようだ。

「ほいで？　今日も冷え冷えパック買いに来てくれたん？」

「それもあるんですが、実は人を探していまして」

「人探し？　何か店にポスターでも貼ってほしいん？」

おいでおいでと私をフードコートの奥に座らせてくれて、お店の麦茶を一本「どうぞ」と目の前に置いてくれた。

優しそうな、人の好さそうな目に決心を固める。

この人なら、ちゃんと話を聞いてくれるかもしれない。

「あの、この方、って見たことありますか？」

カバンの中から一枚の写真を渡す。

社長さんより預かってきた、加奈さんの写真だ。

「うん、どれどれ？」

目が悪いのか、店長さんは胸のポケットから出した眼鏡をかけ、私が手渡した写真を手にしてゆっくりと眺めて、そして。

「……これを、どこで？」

顔を上げて私を見る店長さんの顔からは、先ほどの柔和な笑みは消えていた。

「彼女は確かに私の古い知り合いですが」

懐かしいものを眺めるように、加奈さんの写真を幾度も眺めながら私の顔をもう一度見る。

「あなたは、何方《どなた》なんです？　私がこの人の知り合いやって、知っとって訪ねてきた、そうやないんですか？」

決して責めるような強い口調ではないけれど、それでも私を不審に思っているのは確かなようだ。

昨日吹田学園で不審がられたことを思い出し、私の心は既に折れかけているけど、もう引くことなどできない。

「あの……、もう一枚も見てもらってもいいですか？」

店長さんの質問に答えることなく、今度は慶くんの社員証を手渡した。

「……、なんでなん……？」

ふうっと大きなため息をついて、しばらく何か考え込んだ後。

「ちょっと裏で、話させてもろてもよいですか？」

そう言って立ち上がり、私にも一緒についてくるようにと促す。

え、っと待って？　もしかして、やっぱり私不審がられてる？

テレビでよく見るバックヤードってとこに連れていかれて、警察呼ばれちゃうパターン、だったりする？

万引きとか、窃盗とか、そんなの一切したこともないのに～‼

どうしよう？　と冷や汗をかきながら慶くんを見上げたら、フルフルと引き攣《つ》ったように首を横に振っていた。

慶くんも何だか焦っているようだ。

グズグズと動かないでいる私の態度に気づいてくれたのか、ふっと表情を和らげた店長さんがさっきより語尾を弱めた。

「ここのバイトさんらは、誰も知らんのですわ、オレが孤児やったってことも。あの頃のことはあまり聞かれとうないんで、事務所で話されへんですか？　それに多分、大分長《なご》うなります、あの頃のことは」

店長さんにも事情があって、それに大事な何かを知っているんだ。

慌てて席を立ち上がり、店長さんに頭を下げる。

「お時間取らせますが、どうかよろしくお願いします」

「そな、あらたまらんといて。ビビらせてしもうて、こっちも堪忍な。あー……何や、ねえちゃん、昨日から誰かに似とる気がしとったんやけど、加奈ちゃんやわ、その写真の頃の」

そういえば前に慶くんもそんなことを言ってた気がする。

『ん、優しいとこ。加奈もそうやってオレが落ち込むと、よう頭を撫でてくれてん』って。

口癖が、ごめんなさいなのも似てるって言ってたっけ。

店長さんにもそう思われてるのかな？

どう対応していいのか、困ってしまい誤魔化すように笑った私に。

「ああ、顔やないで？　大人しそうなんやけど、一本芯が通ってる感じのとこや。加奈ちゃんもそうやったわ」

戸惑っていた私に、店長さんは懐かしそうに目を細めて笑った。

私に、芯が通っている？

初めて聞くその言葉に、慶くんを見たら。

「ホンマや。さすが田辺や」

と慶くんも苦笑いをしていた。

レジにいたアルバイトさんに「親戚の子や。事務所におるから何かあったら声かけて」と伝えて、私を事務所に通してくれた。

小さなその部屋には、簡易の着替え場所と倉庫に置き切れなかっただろう在庫の段ボールが高く積まれていて、実際は六畳くらいはありそうなのに人がいられるスペースは三畳もなさそうだ。

事務所の机の前にあるキャスター付きの二つの回転椅子。

片側に腰かけた店長さんは、私にもう一つに腰かけるようにと促してくれる。

「慶で、ええやんな？　これ」

店長さんが戸惑っているのは、社員証の名前に対してだと思う。

本名の不動慶ではなく、偽名の『須藤慶』であることに。

「はい、不動慶さんです」

「せやな、なんでアイツ須藤なんて……、ま、まさか須藤って女と結婚したとか」

「違います、違うんです、偽名なんです！」

「偽名やて？　犯罪やないか‼　アイツ腐ってもそんなことだけはせえへんと思っとったのに」

まう。
慶くんの名誉のために真実を語ったつもりだったけれど、よからぬ誤解を招いてし

店長さんは悲しげに顔を歪ませて大きなため息をつき、がっかりしたように肩を落とした。

「そうじゃないんです、そうじゃなくって……」

どう説明していいのかわからずに慶くんを見上げたら。

「なあ、和己。加奈の行方知っとるん?」

店長さんの顔を覗き込み、そう話しかけたけれど聞こえるわけがないから、慶くんの言葉を代弁することにした。

「店長さんは、この女性……、加奈さんが今どこにお住まいか知ってらっしゃいますか?」

「……、三年くらい前に偶然な、この店に加奈ちゃん立ち寄ってん。三年前と変わっとらんかったら今もそこにおるはずやけど……、ただ」

「はい?」

「あんたが何者なんかわからん以上は、加奈ちゃんの住んでる場所を教えるわけにはいかへんで?」

え？　という私の小さな呟きに店長さんは、堪忍と言って。

「わかってほしいんはオレらが吹田学園出身やっちゅうことや。知られたくない過去やって思うんはオレだけやない、わかるやろか」

その悲しげな顔に全てを察するしかなかった。

「慶は今、どうしとるん？　まだ東京におるんか？」

店長さんが一番聞きたかっただろう質問に、静かに首を横に振る。

「何や、大阪《こっち》戻ってきとるんかいな？　あのアホ、ホンマにアホなやっちゃで、加奈ちゃん泣かせよって！　昔からアホやったけど、ホンマのアホになりよったんやな、偽名まで使《つこ》うて！」

大きなため息と共に吐き捨てるようにそう言った店長さんの言葉に、瞬間慶くんが悔しそうに唇を噛んでいるのが、目に入ってしまった。

「アホなんて言わないでください！　慶、いえ、不動さんはずっと加奈さんのことを思ってました！　偽名だって理由があってのことです。東京で彼は最後まで一生懸命に生きてたんですよ、加奈さんのために」

「ちょう、待ちいや！　最後、て……？　どういう……」

憤《いきどお》り涙目になった私を、呆然と見ていた店長さんは。

私の言葉の意味を探すように、何か考え込んで、それからギュッと目を閉じて、眼鏡を外した。

目頭を押さえるようにしたままで、少しの沈黙の後。

「……慶は、死んだんか？」

切なそうに振り絞る声に何も答えることができないでいると。

「死んだんか、って聞いとるやろ‼」

急に大声で怒鳴られ、私が小さな悲鳴を上げてしまうのを見て。

「堪忍、せやけど……、堪忍」

そう言って店長さんはボロボロと大粒の涙を流し始めた。

「アホや、アホ。どこで何しとったんかわからんけど、なんで死んでもうてるん、慶！」

ティッシュを取り出して真っ赤になった目を擦り洟《はな》をかんで、むせび泣く店長さんのその姿に、私も慶くんももらい泣きをしてしまう。

大事な人を亡くした悲しみの涙、そのものだった。

「あんたは知っとるん？　慶のこと……。知っとったら、聞かせてくれんやろか？　アイツが東京で何をしていたんか、いつ亡くなったんか」

私がなぜ慶くんの話を知っているのかは、話せないまま、でもこんなにも彼のことを心配してくれる人がいたことが、悲しいけれど嬉しかった。

彼のことを大事に思ってくれた人が存在した奇跡に感謝して、私が知っている不動慶くんの話をすることにした。

「この新聞記事、読んでくださいますか？　ちょっと小さいんですが」

スマホに収めてきた慶くんの事故の新聞記事を見せた。

また眼鏡をかけ直した店長さんは、それを遠くに離したり、時には眼鏡を額に載せて相当近い距離で何度も何度も見直してから。

「この事故の男が慶や、って言うんか？」

平成十五年・推定十代後半〜二十代前半と見られる作業員らしき男性。

目撃者の話によると交差点を渡りきった瞬間、突然意識を無くしたようにふらつき、通りかかった軽自動車に接触。

死因は頭部外傷による外傷性くも膜下出血。

事故か事件両方の可能性があるとして調査中。

私が知っている、できる限りの慶くんの真実を、こんなに心配してくれていた店長さんには伝えなければいけない。

「そうです、これが不動さんです。場所は渋谷で、この地区の交番所長さんだった方が、不動さんの事故のことを覚えていてくださいました。先日、その方と一緒に不動さんが働いていた会社にも行ってきました」

社員証に書かれている武田建設株式会社を指さした。

「不動さんは履歴書無しで、こちらの会社に直接働きたいと申し出たそうです。でも身元があやふやだからと最初は断られて」

「そんなもんやで、保証人がおらんうちらにはいつものことや」

ああ、やはりそうなのか。

きっと慶くんも何か事が起きるたびに、こんな寂しそうな顔してたんだろうな。

私もまた特殊な環境で育ったけれど、こういった苦労はしてこなかったから、自分たちのせいではないというその苦しみを思うと胸が痛んだ。

「当時、不動さんが慕っていた方が、今この会社の社長さんです。この写真や社員証は、その方から預かってきました。他にも慶くんのお財布や当時着ていた服なんかは社長さんのところにまだあります、それと」

袱紗から出した大切なもう一つの持ち物を店長さんに手渡した。

「指輪です、ＫｔｏＫと、裏に彫られています」

「加奈ちゃんも、これと同じの持っとった。慶に買ってもらったって喜んどったな」

悲しそうに目を細めて、指輪をマジマジと見つめている店長さん。

店長さんを見つめる慶くんの目からはポロポロととめどなく涙が零れ落ちている。

私には見えていても拭ってはあげられないその涙。

今日もまた拭いてあげられなくて、ごめんね。

「不動さんは名前と年齢を偽って働いてました」

「なんで」

「さっき、店長さんが言った理由と同じではないでしょうか」

店長さんは、ハッとしたように息を呑んでから、また眉尻を落とす。

二人の間に生まれる子供のために、慶くんにはどうしてもお金が必要だった。

でも大阪にいる以上は他の建設会社の人とも顔見知りにはなっているので、どこに移ったとしても足元を見られて安く使われる。

だから東京に出稼ぎに出た。

年齢や学歴を隠してでも、お金が必要だったからだ。

それが身元保証人なんていない、未成年者があの頃できた唯一の働き方。

店長さんは、そやな、確かに、と何度も独り言ちて。

「せやけどアホちゃうん。偽名つうても、須藤慶って一文字しか違わんし」

と笑い出して。

「まあ、アイツのことや。全部が全部嘘つくのも心苦しかったんやろな」

そう微笑んでくれた。

ああ、やっぱりこの人は慶くんの友達なんだ。

慶くんのことを、ちゃんとわかってくれている。

慶くんは、本当は嘘が嫌いで、素直で優しい人だってことを。

「ほんで？　事故の原因って、何やったん？」

「あ、事故というか……。交通事故ではなかったようなんです、その後の調べによると」

「どういうこっちゃ？」

「あの日この事故現場の近くでお仕事があって、不動さんは電車でそこに向かったらしいんですね」

あの日の慶くんの足取りを、大阪に来る前に社長さんからもう一度詳しく聞いた。

下見をするだけの小さな仕事だったらしい。

慶くん一人でも大丈夫だろうと踏んだ当時の社長さんが、お昼から慶くんをそこに向かわせた。

それはあの公園のすぐ近く。

電車から降りて荷物を渋谷駅のロッカーに預けて、現場へ向かった慶くん。現場の大きさをおおよそ計測して資材の必要数を考えて、帰ってくるはずだった。だけど慶くんは、二度と帰ってこなかった。帰ってこれなかった。

「仕事帰りに通りかかった場所に公園があって、不動さんはそこで人助けをしたんです。道路に飛び出した子供を助けた拍子に自分が頭を打っちゃったみたいで」

一瞬真顔になった店長さんは、眉間に皺《しわ》を寄せて「あー」と声をもらし、全てを察したように大きなため息をついた。

「ほんで？」

「助けてもらったお子さんのお母さんが言うには、不動さんは何度も自分の頭を摩《さす》っていたとのことです。その後、事故現場となった横断歩道を不動さんは渡り切って、そこで気を失っていくようによろけたと。おそらくその時には既に頭を打ったショック状態だったんだろうとの推測です……」

「子供を助けてやなんて、ホンマアイツらしいわ。施設でも、誰よりも小さい子らに優しかったし、それにホラ……加奈ちゃんのお腹には自分の子もおったんやし、な」

店長さんの言葉にハッとした。

私はそこまで考えつかなかったけれど、慶くんは自分の子を思って咄嗟に身体が動いてしまっていたのかもしれない。

そうだ、そうに決まってる。

優しいもん、優しくてあったかい人だもん、慶くんは。

『オレなら自分の子供のためやったら、犠牲になって死んでもええし、後悔なんかあらへん』

慶くんの言葉がリフレインして、その意味に改めて納得をした。

「せやから身元がわからんかったん？」

「はい、荷物も持ってなかったので、ずっと身元不明者でした。それから駅のロッカールームの預かり期限が来て、警察に届けられた荷物の中に、不動さんの社員証があって。それで初めてあの事故の身元不明者と特定されたんです。それから社員証にあった会社に連絡があって、でも」

「須藤やなんて、名前が偽名やから、それ以上は捜せんかった、ちゅうことやな？」

「はい」

ああ、もう、と店長さんは苦笑した。

「せやけど、大阪《こっち》でも一応行方不明者届は出しとったんやで？　オレと加奈ちゃんで警察署行ってな？　ほんで東京に行ったきり、連絡つかへんようになったから捜してほしいて」

「そうなんですか？」

「そや、けど捜すにしても、東京の住所も住んでる所も会社もわからんかって。加奈ちゃんにはいつも銀行で振り込みしとったみたいやし。加奈ちゃんも、東京はようわからんけど、世田谷の会社におる、って慶からは、そんだけしか聞いとらんかったって」

慶くんは生前も今と同じように、良く言えばおおらか、悪く言うと結構な大雑把《おおざっぱ》だったんじゃないかな。

住所を告げなかったのも半年で大阪に戻るし、とかそんな感じだったんじゃないだろうか。

当の本人は店長さんの話を聞きながら、泣いて何度も頭を下げているのを見ると本当に申し訳ないと思っているようだ。

「東京では年齢も、名前も誤魔化して、ほんでこっちでは本当の名前の男を捜してほしいんやから、そらもう永遠に見つからんわ。いっそテレビの行方不明者を捜せちゅうのに出たらよかったんやろうけど」

学園《オレら》出身にはその勇気がなくてできんかったわ、と小さく呟く店長さんは本当に悔しそうだった。

「せやけど、今までなんもわからんかったはずやんな？　なのに、あんたはなんで慶のこと、そんなに詳しいん？」

「え、っと……」

うちの家族の遠い親戚の、なんて嘘はこの人には通用しない。

慶くんの生い立ちをよく知っている人なんだから。

「……、ごめんなさい、言えません。でも、私この指輪を加奈さんに届けるって慶くんに約束していて」

「慶くん、って……。あんたが何歳かわからんけれど、慶はオレと同い年やで？　あんた、慶に会うたことないはずやろ？」

慶くんが亡くなった年、私はまだ生まれてはいなかった。

店長さんの前では不動さんって呼ぼうって決めていたのに、つい綻《ほころ》びが出てしまった。

「ない、です、ないけれど」

目の前にいる慶くんを見上げたら、困ったような顔をしていた。

慶くんとは、この数日、ずっと側にいて、たくさんたくさん話をしてきて、一緒の時間を過ごしてきた。

決して信じてもらえないだろうけれど、今もここに彼がいる。

慶くんと過ごしてきたこの六日間は私にとって確かに現実《リアル》で、彼の現在を一番知ってるのは自分だと自負しているのに。

なのに、それが言えない。言えなくて、悔しい。

泣き出しそうな顔になってしまった私を見て、慶くんは、ふっと微笑んだ。

「あんなあ、ユイカ。田辺の中学の時、好きだった子はサユリンって言うんよ。ほんでな好きなアイドルはミキちゃんや。田辺のあだ名はカズミン。それは加奈が付けたあだ名やで。他にもコイツとオレらしか知らんとっておきの話があるで？　言うてみい？」

慶くんが笑って私に大丈夫だと目を細めてくれたから、コクンと小さく頷いた。

わかった、やってみる、ね？

疑わしげに私を見ている店長さんに、切り出した。

「田辺さんの中学の時の好きな子はサユリンさんで、好きなアイドルはミキさんですよね？」

突然何を言い出したのか、とギョッとした顔で私を見ている。

「あだ名はカズミンで、これは加奈さんが付けたあだ名、違いますか？」

「っ、違わんけど、ねえちゃん、なんであんたがそないなこと」

「信じてもらえないと思います、けれど。本当に、慶くんに頼まれたんです。だからお願いします、加奈さんに会わせてください！」

私じゃなくて、慶くんを会わせたいの。

深く深く頭を下げて店長さんの答えを待つ。

それでも戻ってこない返事に、いよいよ私は最終手段として告げた。

「もしまだ証明に足りないのなら、とっておきの田辺さんの秘密を」

「ええって、もう、ヤメテや、恥ずい……」

参った、とポリポリ頭をかいた田辺さんは。

「信用したわけやないけどな、サユリンの話はホンマに慶しか知らんし」

泣き出しそうな顔で笑っていた。

「なんで、あんたがそれを知ってるんだか」

参ったなと、諦めたようなため息をついて。

「わかった。加奈ちゃんに、連絡取ってみたる、せやけど急な話やし。加奈ちゃんやって、驚くと思う。悪いけど時間もらわれへんやろか」

「今、じゃ、ダメなんですか⁉」

時間が……、無い。

慶くんには後一日しかないのに。

「私、明日東京に戻るんです、だから」

「明日朝、せや九時頃やったらアカンやろか？」

しきりに首を横に振った。

だってもう加奈さんがいる場所もわかってるのに？

慶くんに会わせてあげたい、今すぐにでも。

「私が直接行きます、だから加奈ちゃんにも気持ちの整理つけさせたってや？」

「それはアカンって。加奈ちゃんにも気持ちの整理つけさせたってや？」

私と同じように、断固としてそれはできないと首を振る店長さん。

「二十年やで？　慶が突然いなくなって、あれから二十年や……、必死に生きてきたんやで、加奈ちゃんやって。慶のことに区切りつけるんやって相当時間かかって」

区切り？

何だか嫌な予感に苛《さいな》まれて何も言えなくなった私に、店長さんは気づいたのだろう。

「加奈ちゃんには、加奈ちゃんの今の生活があるってこっちゃ……、二十年何も変わらずに生きてる人間なんかおるわけないやろ？」

ふと慶くんと視線がかち合った。

不安げに揺れる瞳はきっと私も同じだ。

だめ、お願い、慶くんに聞かれたくない。

エアコンの効いたこの部屋が寒すぎるせいだろうか。

ぶるっと身震いをして、過《よぎ》った予想を振り払う。

違う、きっと、違う！

だって、慶くんと加奈さんは、今もきっと——。

「加奈ちゃんな、五年前、同じ美容室で働いてた人と再婚したんやって。二人の間には今三歳の子供もおるんよ。三年前に夫婦で美容室をオープンした、って加奈ちゃん幸せそうに笑っとったんやわ」

店長さんの言葉に全てが壊れてしまったような、そんな気がした……。

慶くんが今どんな顔をしているのか、まともに見れない。

だって、ねえ、慶くんはずっと。

加奈さんのもとに戻りたくて、会いたくて、そんなのって‼

「待ってたんですよね？　加奈さんは慶くんのことを。ずっと待ってたはず、ですよね？」

　さっきの話は、嘘だって言ってほしい。

　唇を噛んで俯く私に。

「あんたが何を言いたいかはわかるで。せやけど、加奈ちゃんは慶を裏切ったわけやあらへん！　帰ってこん人間を十五年も思い続けとったたんやで？」

　店長さんの声によって、たった今、私と慶くんの願いが全て打ち砕かれた、そんな気がした。

＊＊＊

　店長さんと連絡先を交換し、お店を後にした。

　駅までの道を、お互いに何も言わないままで歩き始める。

　こんなに寂しい背中の慶くんを見るのは、出逢ってから初めてだった。

　二十年あれば赤ちゃんは大人になる。

　世の中にある様々な便利グッズは、二十年前には考えられなかったはずだし。

　建っていたはずのものが無くなり、そこにまた新たなビルが建ち、人はみんな年をとる。

それだけの年月の中で、何も変わらない人間なんているはずがない、それが普通なのに。

私と慶くんはきっと子供すぎた。

夢を見すぎていたのかもしれない。

加奈さんだけはきっと変わらないと、慶くんのことを今もまだ待っているはずだと。

「ユイカ」

私を呼ぶ慶くんにふと顔を上げると、立ち止まり私を振り返っているいつもの慶くんがそこにいた。

「まだ夕方まで時間あるやんな?」

時計の針はまだお昼前。

頷く私に、慶くんは八重歯を零してニカッと笑った。

「デートしよや。せっかく大阪におんねんで? 案内したる」

なんで、笑ってるの? 慶くん?

「まずは通天閣《つうてんかく》からや。大阪来て通天閣見いひんなんてもったいないで」

ボーッと慶くんの顔を見上げてる私に。

「行くんか、行かへんか? どっちにするん?」

覗かせた笑顔が、一瞬透けてしまったように感じて。

「行く、行きたい！」

慶くんが、一人でどこにも行かないように、慌てて私は返事をした。

慶くんが今どんな気持ちなのか、私が想像する以上だろうということしかわからない。

だから今望むことは、何だって叶えてあげたい。

「通天閣、案内してね」

慶くんを見上げて笑ったら。

「ほな、行くで！　迷子になったらアカンで？」

と優しく微笑み返してくれた慶くんを、必死に自分の中に刻み込む。

南茨木駅から、動物園前駅まで行き、徒歩で通天閣に向かう。

さっきまで張りつめていた空気の中から、慶くんは私を連れ出してくれようとしているみたい。

もしくは慶くん自身もそうなのかもしれない。

車窓から眺める景色に目を細め、どこか無理やりにでも私に楽しそうに説明してくれる。

東京にいる時とは違う、ここが慶くんの本拠地《ホーム》なのだと饒舌《じょうぜつ》さが物語っていた。

通天閣の中は、大阪そのものだった。

ツッコミどころ満載の表示だったり、レトロな昭和感が温かかったり。

展望台から眺める景色に添えられた文章はあっても、それよりも詳しい案内人が逐一全部説明してくれて助かる。

まるで音声案内なんだけれど、私にとってはそこにいる普通の人と変わりないから時々普通に質問を投げかけちゃって、他の観光客はそんな私を無表情で眺めた後で遠ざかっていく。

「ユイカ、気持ち悪がられてるやん」

最悪、誰のせいだと思ってるのよ。

楽しそうにクックックと笑う慶くんをふくれっ面で睨むと、堪忍と笑っている。

二人で並んでビリケンさんの足の裏を撫でて、一人と一霊で記念撮影を自撮りする。

「次は、新世界で串カツ食うで、ユイカ！　絶対食っとかんと損やからな、行くで！」

慶くんに連れていかれた老舗《しにせ》の串カツ屋さん、女子高生一人客なんていないじゃん。

だけど、慶くんが絶対オススメって言うなら入らなきゃ、って勇気を出しておひとり様ご案内をされてみた。

「うまいやろ？　めっちゃうまいねん、昔から、オレここの串カツしか食べへん！　二度漬けは禁止やで～！」

嬉しそうに目を細める慶くんの前に串カツを置いたら、ありがとう、めっちゃ美味《おい》しいって笑ってた。

その顔を見ていたら嬉しいのに、なぜか胸の奥が痛くなって、同時に鼻の中までツンとしちゃうから、気づかれないように水を飲んでごまかした。

「ユイカは、グリコの看板って、知っとる？」

「テレビで、見たことあるよ。でも本物も見てみたいなあ」

「ほな、連れてったる」

道頓堀《どうとんぼり》のグリコ看板のことだろう。

今度は大阪メトロ御堂筋線に乗り、なんば駅へ。

さっきよりも慶くんのテンションが上がっているのは、気のせいじゃない。

慶くんが大阪にいた頃、一番よく遊びに来たのがなんばだと言うから、そのせいだろう。

地下から地上へと上がると、夏の陽ざしが目に突き刺さってくるほど強烈で痛い。

一瞬で汗だくになる大阪の夏。

慶くんはそんな変わらへんって言ってたけれど、私は関東よりも関西《こっち》の夏の方が暑く感じるよ。

「何や、色々変わってしもうたな」

懐かしさよりも見える景色が変わってしまったことに、寂しそうに目を細めて。

「あっちや、ここがかの有名な御堂筋やで」

「へえ?」

広いその道を車の流れに逆らって歩く。

「右曲がるで、ユイカ、これが道頓堀のメインストリートっちゅうやっちゃ」

どうだ、と言わんばかりの慶くんは、かに道楽の大きな看板を指さして。

「美味そうやろ? でも一回も入ったことないねん、生きてるうちに一回は行きたかったわあ」

なんて、心の底から切実なため息をもらすから、思わず笑ってしまう。

その看板の手前を左に曲がる。

「ホンマは戎橋《えびすばし》言うんやけどな、ナンパが多い橋やからみんなひっかけ橋って呼んどんねん。あ、真っすぐ前だけ見て歩いてな? 絶対、振り返ったらアカンで」

慶くんの指示に従って歩き出すと橋の途中で、ストップと声をかけられた。

「ユイカ、せーので、後ろ振り返るで？」

横に並ぶ慶くんと共に足を止めて、せーので振り返った先には。

あの有名なグリコの看板が、ばんざいと手を広げてそびえ立っていたのだった。

「すごい！　思ってたより大きい！」

喜ぶ私の横で慶くんはただじっとそれを見上げて。

「なんか……ちゃう」

「え？」

「オレの覚えてるグリコちゃうねん」

おかしいな、と首を傾げ腑に落ちない顔をしている。

慶くんの知ってる看板じゃない、って。

あ、確かニュースで見た！

「慶くん、これ見て」

スマホで心当たりのあるニュース記事を探して慶くんに見せる。

二〇一四年にグリコの看板が六代目に変わったという記事だ。

「慶くんの知ってるグリコの看板は、多分五代目じゃないかな」

「おお、これが六代目なん？　そういや前よかちょっとシュッとしとるわ」

私の目には前の画像と背景が変わってる気しかしないけれど、慶くんが感動してるからそれでいいか。

「ユイカ、写真撮っといてな。後でじいちゃんや、安念寺の政ジイちゃんらにも、見せたりや」

「そうだね」

写らない慶くんが真顔でグリコの看板の物真似をしている写真を、何枚も収める。

慶くんが写ればいいのにな、って思った。

本物の心霊写真になっちゃうけれど、彼の笑顔を残しておきたかった。

「ほな、次はくいだおれ太郎サンやで」

と歩いている途中で慶くんが首を傾げ出す。

「あっこなはずやねんけど」

どうやら慶くんの思ってた場所にそれはないらしい。

もしかして、と調べたら、やはり。

「慶くん、昔のお店は潰れちゃったみたい」

「え？」

「でも、あるって、くいだおれ太郎！　三軒隣のビルで今は活躍してるって」

ホンマか！　と言い終わらないうちに、そこまで瞬間的に移動した慶くんは私の方を満面の笑みを浮かべて振り返って。

「ユイカ、あったわ。くいだおれ太郎サン、ちゃんとおったわあ！」

嬉しそうに笑ってるから、私も駆け出した。

昔と変わらないものを探し出せた時の、慶くんの心底安心したような笑顔を、胸の中に焼き付ける。

「づぼらやのフグも無くなったんやて」

帰り際にふと見かけたお知らせを見て、また慶くんは寂しそうな顔をした。

「どんどん変わってくんやなあ、大阪も。何や、つまらんわ」

と空を仰いでグッと唇を一瞬噛みしめてから。

「ユイカ、あの行列並びや」

こっちに顔を向けた時にはすっかりいつもの慶くんだ。

笑顔で目の前にある行列を指している。

「何あれ？」

「ん？　たこ焼きやん、あの店めっちゃうまいんよ。残ってて良かったわ」

慶くんオススメだというその名物たこ焼き店の行列に加わり、順番を待つ。

十五人ほど待って、自分の番が回ってきた時には、丁度いい具合におやつが食べられるくらいのお腹の空き加減。

芳《こう》ばしいいい匂いを放つその場所で、八個入りのたこ焼きを購入して、少し離れた場所で立ち食い、なんだけれど。

「お、大きすぎない？」

二本刺さっていた爪楊枝《つまようじ》の一本を使い持ち上げようとすると中々の大きさで。

「あんな、爪楊枝二本ついとるんは、箸みたいに二本で持ち上げた方が安定するからやで。やってみぃ？」

嘘だぁと半信半疑で慶くんの言う通りにしたら。

「ほんまや！」

いつの間にか慶くんや周りから聞こえてくる関西弁に感化されちゃった私に、「ほんまやろ？」と慶くんも目を細めている。

「東京のたこ焼きの倍ぐらいありそうじゃない？」

熱さと闘いながら、はふはふと口に含む。

うん、美味しさも格別かも！

「めっちゃ、うまい」

「あたりまえやん、本場のたこ焼きやで」

「慶くんも、食べていいよ」

「ほな、一個だけな？」

ふうふうと熱そうに食べるふりをする慶くん。

大阪の良いところを自慢する時の慶くんは本当に嬉しそうだったから。

私は慶くんと、一緒にここを歩けて、何だかデートみたいで、本当に本当に嬉しかったというのに――。

「なあ、ユイカ」

「ん？」

道頓堀の川縁《かわべり》を散歩しながら慶くんが足を止めた。

「ホンマにありがとうな、こんなとこまで来てくれて」

「何？　突然、お礼なんて。それに本番は明日じゃない。良かったね、きっと加奈さんに会えるし」

「いや。もう、ええねんて」

言いかけた私の言葉を慶くんが遮る。

「もう、ええって？」

その意味がわからないまま微笑む慶くんを見つめた。

「何やもう成仏できそうな気もしてきてん。煤になるんかもわからんのやけど、もうええかなあって」

「慶くん？」

何を言っているのかと、首を振って慶くんを見上げたら、黄昏時《たそがれどき》にふっと溶け込んでしまいそうな予感がして胸の中がざわざわとした。

「明日だよ？　店長さん、言ってたじゃん。加奈さんに連絡取ってくれるって。まだ時間あるでしょ？　やっと会えるって時に、何言ってるの？」

「オレ加奈には会わへん。会わんでもええねん」

「どうして」

加奈さんが違う人と結婚してしまったから？

たとえそうだとしても慶くんのことを忘れたわけじゃないと思う、きっと。

私はそう思いたい。

「会わなきゃダメだよ。会ってちゃんと慶くんの未練を浄化しないと」

「煤になるやろな」

ハハッと自嘲気味に笑う、その顔がなんだかボヤけていく。

涙のせいなんかじゃない、本当に透けて見えた気がして私は必死に首を振る。

「どうして？　本気で煤になりたいわけじゃないでしょ、ここまで来たんだよ。もうすぐ会えるのに」

「せやけど、田辺の話聞いとったら、加奈に会《お》うたら多分、ますます未練が残るんちゃうやろか。せやから、どっちにしても会わへん方がええねん」

「ダメだよ、そんなの。ちゃんと今の加奈さんに会おう。会って、加奈さんの気持ちを聞いたらきっと」

慶くんを煤になんかさせたくない、行くべき場所があるなら、私がそこに導く役目だって。

慶くんが言ってくれたんだよ？

私のこと、運命の人だって。

なのに、なのに――。

どうして大事なことを一人で決めたりするの？

「ユイカ」

泣かんといて、とふわり。

実体のない慶くんが私を抱きしめてくれた、そんな気がした。

「明日の朝、ユイカはちゃんと東京に帰り」

「慶くん？」

「もしまた社長のとこに行ったら、堪忍やけど代わりに謝っておいてくれん？」

「……、やだ、よ。一緒に行ってくんなきゃ、絶対謝ってなんてあげないから」

「雇ってくれてありがとうございました、って。伝えてもらえんやろか。オレがずっとショウ兄に憧れとった、ってことも」

嫌だという私の返事を無視して、尚も慶くんの話は続く。

「オレに関わって捜してくれた人たちにも、おおきにって言いたいんやけどな、それは無理やろうし。せめてユイカのじいちゃんと安念寺の政ジイちゃんと坂口さんにはよろしく言っといてな？　オレのために手合わせてくれたら嬉しいわ、って言っといて」

「なんでそんなことばっかり！　まるで遺言みたいじゃない！」

思わず大声で怒鳴った瞬間、周囲が私を振り返ったのがわかった。

人通りの多い川縁で、遺言とか縁起でもないことを叫びながら泣いていたら、そりゃあ気味が悪いだろう。

大きく避けるように通り過ぎていく。

でもそんなのもうどうでもいい、人の目なんか気にしていられない。

「私は明日加奈さんに会って、きちんと慶くんのこと説明するの。最後の最後まで慶くんが加奈さんのことを思ってたってことも。東京での慶くんの様子や、どうやって死んでったか、とか……。そんで、慶くんは二十年間ずっとずっと、今だって」

あの交差点で、自分が誰かなんてわからないままで、心細くて、だけどいつかきっとという希望を持って、待っていた。

私が現れて、加奈さんのところに連れていってくれるのを、待ってたんでしょう？

諦めないでと縋る私に、慶くんは微笑んで。

「加奈は今幸せやねん、ユイカ」

加奈さんの幸せを壊してしまいそうな言葉を並べた私を、叱り飛ばしたいはずだろうに。

慶くんは苦笑いして、私を見下ろす。

「オレが死んだ後、加奈はめっちゃ苦労したと思うんよ。苦労して苦労して、やっと人並みの幸せ掴んだ加奈をこれ以上苦しめとうない。わかって？　ユイカ」

泣きじゃくる我侭《わがまま》な子供を宥《なだ》めるように、頭を撫でるフリをした慶くんをキッと睨み上げる。

わかりたくなんかないよ。

だって、それは建前、本音はきっと。

「そうじゃないでしょ？　慶くんは現実を見るのが怖いだけ‼　二十年の月日が景色を変えちゃったみたいに、加奈さんの心が変わってしまった、ってそれを認めるのが怖いんでしょ？」

ほら、ね、図星だ。

唇噛みしめたまま、黙りこくってしまった慶くんが俯いている。

「今日はもう帰ろう、慶くん。帰ってから、もう一度話し合おうよ」

もう夕暮れ時だ、きっと坂口さんだって待っていることだろう。

連絡はないけれど、坂口さんもお寺仲間に頼み、不動さんを捜してくれているはずだ。

慶くんはあまり会いたくもないかもしれないけれど、お母さんの行方だって捜せているかもしれない。

帰ろう、帰ってから考えよう、と手を差し伸べる私に、慶くんは駄々っ子のように首を横に振って、そこを動こうとしない。

「それで満足なんは、ユイカだけやろ」

「え？」

背中をクルリと向けた慶くんの声がひどく冷たく感じて、そんなの出逢ってから初めてのことだったから、心臓のあたりがザワザワして、ヒュッと冷たくなった。

「慶くん？」

「オレが会いとうないって言うとんのや。会うか会わんかは、オレに決定権があるやろ？　ユイカにやない。それなのに無理強いして、加奈に会ってオレのこと伝えて、それはただのユイカの自己満足やろ」

『斎藤さんの自己満足だよね』

放課後、笑っていたクラスメイトの声が慶くんに重なった。

「私の、自己満足……？」

絞り出した声が震えているのが自分でもわかった。

「せや、オレも加奈も誰も喜ばへん。ええことしたって満足するのは、ユイカだけやんか」

グサリと胸の奥に鋭いナイフがめり込むような気がした。

あの時だって、そんなつもりじゃなかった。

今だって、私は慶くんが煤にならないようにって、そう願って。

でもこれは私の自己満足なの？

私の想いは慶くんや加奈さんのことを不幸にしているの？

「とにかく、明日は加奈には会わん。田辺かて、ユイカが連絡取らなくなったら、あれは冗談やったかもって。女子高生にからかわれただけやって、そう思うはずやし」

そんなわけがない、田辺さんはちゃんと信じてくれたもの。

溢れ出る涙で慶くんの背中が霞《かす》んでいくのが不安になってくる。

だから、もう何も言わせまいと声を張った。

「慶くんが嫌がったって、会うんだからね？　田辺さんと約束したんだから。大阪来る時、あんなに喜んでたじゃない」

私は忘れないんだから、あの時の慶くんの嬉し泣きを。

あなたの抱えている未練が、もう目の前にあることから目を背けないでほしい。

しばらく動かぬ慶くんと睨めっこした後で、変わらぬ状況に強行突破することにした。

「帰ろう、慶くん。帰るよ？」

涙をゴシゴシ拭いて、慶くんに背中を向けて歩き出す。

離れることができたとしても、すぐに私に引き寄せられる慶くん。

嫌がったって仕方ないんだから、と駅までの道を歩き出して、異変に気づいたのは、十分くらい経った頃だった。

何となく心細くなって、慶くんの存在を確かめるために、そっと後ろを振り返った先に。

「あ、れ……？」

そこには、サラリーマンや、家族連れ、家路を急ぐ人々がいた。

いつもならその中で、一際目立つ金髪長身の慶くんの姿がないことにようやく気づいた。

いるはずのその姿を捜そうと必死に目を凝らす。

今までならどんなにたくさんの人がいようとも一目で見つけ出すことができたというのに、どうして？

「慶くん……？」

もしかして前にいるのかも、横にいたのかも、と三六〇度ぐるりと辺りを見回して。

何度も何度も見渡したのに、どこにも見当たらない。

「なんでっ……？　ねえ、慶くん？　慶くんってば――‼」

突然、慶くんが、消えてしまった。

その現実を、到底受け入れられるはずがなかった。

＊＊＊

「お帰りい、遅かったねえて、……ユイカちゃん？　どないしたん⁉」

坂口さんの笑顔を見た瞬間、安心したのもあって、玄関先で蹲《うずくま》り、声を上げて泣き出した。

坂口さんは焦りながらも、私の頭を一生懸命撫でてくれる。

あれから一時間ずっと慶くんを捜した。

でもやっぱり見つからなくて、心細くなってここに戻ってきたのだ。

「慶くんが、慶くんが、ね」

泣きすぎて言葉がうまく出てこない。

しゃくり上げるばかりの私の頭を撫でていた坂口さんは。

「まずは上がりんさい。そやな、先にお風呂がええな、疲れたやろ？　お風呂から上がったら、ご飯用意しとくさかいに」

何もかも見通したような顔をして、お風呂場へと促してくれた。

慶くんが消えてしまったのは、きっと私のせいだ。

『そうじゃないでしょ？　慶くんが現実を見るのが怖いだけ‼　二十年の月日が景色を変えちゃったみたいに、加奈さんの心が変わってしまった、ってそれを認めるのが怖いんでしょ？』

私があんなことを言ったせいなんだろう。

私に責められ悲しそうに唇を噛みしめて黙りこくってしまった慶くんの姿が、焼き付いて離れない。

いつもあんなに楽しそうに笑っていたのに、今私が思い出せるのは最後に見たあの辛そうな顔だけなんて。

それに、慶くんと初めてケンカをしてしまった。

慶くんの言うように、今幸せな加奈さんに会って彼のことを伝えるのは、私の自己満足だったのかな？

自己満足、慶くんだけに言われた言葉ではない。

『斎藤さんって頼めばすぐ掃除代わってくれるよね、超便利』

クラスメイトが、そう話しているのを偶然聞いてしまった。

『ひど、便利屋扱いって、ウケる。まあ助かってるけど』

『それで担任から、斎藤さんはイイコだって、いつも褒められてるんだし。斎藤さんだって、担任ウケ狙ってやってるのかもよ？』

『そうそう慈善事業でしょ。斎藤さんの自己満足だよね、きっと』

思い出したら別の涙も溢れてきて、苦しくなる。

掃除を代わって担任に褒められたいわけじゃない、自己満足でやっていたわけじゃない。

誰かに頼られて嬉しかったんだ。

学校では今野さんとのペアワーク以外、誰かと話すことがなかったんだもん。

小学校の頃にイジメられてから、友達を作るのが下手になってしまった。

普通の話をしていたらきっと大丈夫だろうって思っても、長いこと友達がいなかったせいか、自分から声をかけられなくなっていた。

そのせいで『大人しい斎藤さん』『無口な斎藤さん』『陰《いん》キャの斎藤さん』って、陰でそんな風に呼ばれてたことだってわかってたけど。

たとえ『斎藤さん、私、今日早めに部活行かなくちゃで。掃除代わってくれないかな？』がウソであったとしても『いいよ』と微笑むと嬉しそうだったから――。

チャポンと鼻までお風呂に浸《つ》かりながら、涙でふやけてるような顔を洗いながす。

腫《は》れた目にお湯が染みて、また涙が出る。

慶くんは、もう煤になっちゃったのかな？　本当に？
それでいいの？　良かったの？
明日になったら、加奈さんに会えるかもしれなかったのに。
慶くんのお母さんのことだって捜してくれてるんだよ？
それに、それにさ？
知りたくないの？　会いたくないの？
慶くんは『お父さん』なんでしょう？
私は慶くんの喜ぶ顔が見れたらいいな、ってそう思っていたのに。
ただ傷つけただけ、だったんだね……。
ごめんなさい、慶くん、ごめん。
運命の子が、もっと優しい子であれば、慶くんを傷つけずに済んだのかもしれない。
私の自己満足で、本当にごめんなさい……。

＊＊＊

ご飯を食べながらも、涙が止まらない私を見て、坂口さんの奥さんは困った顔で苦笑した。

「ユイカちゃん、ご飯がしょっぱなるで？」

と、時々ティッシュで拭いてくれる。

そんな中、坂口さん家の電話が鳴った。

「はい、坂口でございます、ああ！　ええ、はい、ホンマですか？」

電話をしながら、チラリと私を見る坂口さん。

もしかして不動さんのこと、何かわかったのかな？

電話の子機を持ってそのまま本堂の方へと歩き、話をしながら遠ざかっていく。

「今日はどこか行ってきたん？　ちょっとは観光できたんかいな？」

楽しいことを思い出させようとしてくれる奥さんだけれど、思い出すのは楽しくて切ないことばかり。

わかっていたことだけど、スマホで撮った写真には、一枚も慶くんは写ってなかった。

一緒に行ったのに、通天閣も千日前《せんにちまえ》もグリコも、食いだおれ人形だって。

私が一人で笑っている写真だけ。

たこ焼きも串カツも慶くんオススメのは全部美味しかったのに、美味しいって一緒に食べたはずなのに。

慶くんがいてくれたから、初めての場所でも楽しくて、なのに、どうして？

慶くんはいたのに、側にずっといたはずなのに。

どうして、私から離れてしまったの？

一人で、消えてしまったの……？

「ああ、堪忍な、堪忍、ユイカちゃん」

また新たな涙が零れ落ちてくる私に、奥さんが慌ててハンカチを差し出してくれた時だった。

「ユイカちゃん、ご飯食べたら本堂行こうか？」

戻ってきた坂口さんが、何事もなかったかのように微笑んでいる。

「何か、わかったんですか？」

何となく感じるその笑顔の違和感に不安になる。

「ええから、まずはちゃんと食べてな？　ユイカちゃんがお残ししたら何も教えてやりまへん」

きっと、何かわかったんだ‼

さっきから胸が詰まってご飯をうまく呑み込めず、箸が進まないのを見ていたのだろう。

心配してくれている坂口さんに頷いて涙を拭き、必死にご飯を食べる。

その時になって、やっと味覚が戻ってきたようで奥さんの作ってくれたやさしい煮物の味が染みこんできて、また新しい涙が出そうになるのをご飯と共にゴクンと呑み込んだ。


「不動さんな、見つかったんよ。親戚の人」

向かい合って正座をし、坂口さんから聞かされたそれに。

「慶くんのお母さん、ですか？」

逸る思いで身を乗り出した。

坂口さんは苦笑して首を振る。

「お母さんの、叔父さんにあたる人やった。不動慶くんのお爺さんの弟やな。不動慶くんを施設に預けたのも、その叔父さんやったそうや」

ということは、慶くんのお母さんの兄弟、身内の方には違いない。

慶くんに身内がいることに少しだけホッとしたけれど……。

「残念ながら、お母さんな、サトミさんちゅう方なんやけど。数年前に亡くなってしまったそうや」

……、遅かった。

ギュッと目を閉じてその事実を受け入れる。

「病気で亡くなる数日前に言うとったんやて。『慶に会いたい、自分のせいで苦労させてしもうて申し訳ない、会って詫《わ》びたい』と」

慶くんを捨てたお母さんが最後になってようやく慶くんに会いたいと。

最後になって？

以前の私ならきっと、自分勝手に子供を捨てたくせに、今さらじゃないか、と頭ごなしに苛立っていたかもしれない。

私の推測でしか、ないけれど。

お母さんは、ずっと慶くんに会いたかったんじゃないかな？

でも自分の勝手で、慶くんを捨ててしまったから。

自分のせいだって理解しているから言い出せなくて、それで最後の最後でようやく言葉にできたんじゃないかな……。

聞かせたかったな、慶くんに。

一緒に、この話を聞いてほしかったのに。

「ほんで、あの金髪くんはどこ行ってもうたん？」

わからない、と首を振った。

だってわからないんだもん、道頓堀の川縁で気づいたら消えてしまっていたから。

ポツポツと慶くんがいなくなってしまった経緯を坂口さんに伝える。

いなくなってしまった事実を話し始めると、止まったはずの涙がまた溢れてきた。

もう涙腺《るいせん》が壊れてしまっているみたい。

「確かにおらへんなあ、気配もせえへん」

私の話を聞いて、しばし瞑想に耽《ふけ》った坂口さんからの無情な宣告を聞いて、いよいよ涙が止まらなくなってしまって床に突っ伏した私に。

「せやけどユイカちゃん。消えた気もせえへんのよ」

「え？」

一筋の希望あるその言葉に、ハッと顔を上げた。

「ユイカちゃんの気持ちと、あのニイチャンの気持ちにズレが生じたんやないやろか。ほんでユイカちゃんから離れたんちゃうやろか」

「や、やっぱり？　私の言ったことが許せなくて？　自己満足だって、そう思っちゃって？」

「そうやなくて図星つかれて、ただショックやったんちゃう？」

私が言ったことがあたっていて、それがショックで離れたということ？

「だったら、慶くんは今どこに？」

「多分ユイカちゃんが背中向けた辺りちゃうやろか？　呆れられたってショック受けてボケーッと川でも眺めてんのとちゃう？」

「私、もう一回見てきます！」

慌てて立ち上がった瞬間に、坂口さんは私の手を引きとめる。

「もう何時やと思うとるん？　子供が出ていい時間ちゃうよ？」

本堂の柱時計は二十一時を指していた。

「でも、きっと慶くん、一人ぼっちなんだよね。絶対、寂しいと思う。だって、今まで私と出逢う前だって、仲間と一緒にいた人だし、だから」

悲しい事実を知った日に一人ぼっちになんかしたくない。

行かせてほしい、と頼み込んでも、坂口さんはアカンと首を振る。

「所縁《ゆかり》ある場所やから、兄ちゃんもそこに留まってる気いがするんよ、一晩頭冷やすためにも、そっとしといてやり」

「……寂しがってないかな、慶くん」

「寂しいのはユイカちゃんの方やろ？　ニイチャンは元々仏さんやで？　暗がりなんぞ、今更怖がりもせえへんよ」

私を安心させようとする坂口さんの言葉に、納得せざるを得ない。

寂しいのは確かにきっと私の方だ。

会いたい、慶くんに会いたい。

この一週間離れたことのなかった相手が、突然消えてしまったことに、寂しさが募る。

明日朝一で慶くんに会いに行って、もう一度話をしよう、そう思った時だった。

不意に私のスマホが鳴った。

画面に表示された相手の名前は田辺さん、店長さんからだ。

電話に出ることを坂口さんに断ってから。

「もしもし、斎藤です」

『こんばんは、田辺です。斎藤さんやね？　今日お会いした』

確かに店長さんの声だ。

「はい。もしかして加奈さんと連絡が取れたんですか？」

『取れたで、明日九時に来る言うてくれたで加奈ちゃん。ほんでな、待ち合わせ場所うちの店でええやろか？　それとも近くの茶店《さてん》の方が』

待ち合わせ場所、それだったら……。

「戎橋じゃダメですか？」

慶くんと別れたのはあの近くだ、だから。

『へ？』

「お願いします、加奈さんに戎橋に来てもらえるようにもう一度連絡して頂けないですか？」

『朝九時に戎橋て、観光客みたいやないか』

ふうっと呆れながら笑った店長さん。

『まあ、ええわ、戎橋やったら、加奈ちゃん家にも近いし、それに』

それに？

『昔よう二人がデートしとった場所やしな』

ほな、加奈ちゃんがＯＫやったらメッセージ入れとく。アカンかったらまた電話するわ、と店長さんは電話を終え。

その数分後、九時に戎橋でＯＫやって、と返事が入った。

「約束できたんやね？」

私のホッとした顔を見て、微笑む坂口さんに頷く。

「ニイチャンに断りもなしに、急に連れてきたら、怒るんとちゃう？」

「そんなの知りません。私のこと代わりに使ったんだから。怒ってるのはこっちだって言ってやります」

ねえ、そうでしょう？　慶くん。

怒ったりはしない、真相を知った私にはきっと怒れないはずだから。

「今夜はゆっくり休みや、ユイカちゃん。明日はニイチャンとの直接対決や。がんばってな」

私が前向きになったのを感じた坂口さんと別れ、寝室へと入る。

一人ぼっちの夜は慣れているはずなのに、静けさが寂しい。

いつもうるさいくらいおしゃべりで、陽気な笑顔が目を開けるとすぐそこにあったのに。

もう二度と会えないような気持ちになって、中々寝付けない。

いつもなら、布団に入ってまでスマホには触れないのに、いつの間にかメッセージ受信のライトが点滅していたのが気になって。

横になったまま、スマホをいじる。

『斎藤さんって甘いのと、しょっぱいのどっちが好き？』

今野さんからの質問が、二時間も前に入っていて首を傾げた。

『どっちも好きだよ』

素直にそう返したら。

『どっちもって……、斎藤さんならそう言うと思ったわ』

そんな返事が来て、なんとなく口を尖らせた。

『本当に、どっちも好きなの。なんで私ならそう言うと思ったの？』

今野さんとのやり取りは、いつも何となく引っかかってしまう。

どんな返事が来るんだろう？

既読になったきり、一分が経過した頃だった。

突然、スマホの画面に、今野茉莉《まつり》と表示されて着信音が流れた。

静けさの中に突然流れる私の好きなアイドルのメロディが響き渡って、慌てて通話ボタンを押してしまった。

『斎藤さん？』

電話の向こうから聞こえてくる感情のわからない今野さんの声。

「えっと、こんばんは」

『こんばんは、もう寝てた？』

「ううん、布団には入ってたけど」

『早くない？　まだ二十三時だよ？』

クスクス笑ってる今野さんの声が、受話器の中で響く。

『さっきの答え、メッセージでのやり取りだと誤解されそうだから、直接伝えようと思って電話したの』

「あ、うん」

私なら、という意味のことだ。

『斎藤さんって、いつも誰かに気を遣って顔色見てるけど、癖なの？』

一番踏んで欲しくない地雷を、躊躇せずに今野さんが踏んだ。

「……今野さんにはわかんないと思うけど」

『なんで？』

「だって今野さんは、いつだって自分が正しいって思ってるように見えてるもん。今だって、私が気を遣ってること、おかしいって思って言ってるんでしょ？」

『はあ？』

電話口の向こうから『意味がわかんないんだけど』という今野さんの声が聞こえてくる。

『もし、私が言ったことが原因で、斎藤さんを傷つけてるなら謝らなくちゃだけど、別に私、自分が正しいだなんて思ってないよ。ただ、私って人の感情をくみ取るのが苦手なんだよね。空気を読んで、察することも上手にできないから、嫌いなものは嫌い、やりたくないことはやらないって考えるより先に口に出ちゃう。それだけなんだよね。まあそれでいつもトラブルになっちゃうから、誰ともつるもうとしなかったけど』

それきり静まり返る受話器の向こうで、小さなため息が聞こえた気がした。

私とは違う意味で浮いていた今野さんの秘密に今触れているような？

「今野さんのそれって、コンプレックスだったりする？」

『あたりまえじゃん。もう少しうまく振る舞えたらっていつも思ってるわ』

ぶっきらぼうないつもの今野さんには違いないのに、なんだか親近感が湧くのはなんでだろうか。

静かな空間の中で、ほんの少し今野さんの声が優しく聞こえてる気がして、なんだか胸がいっぱいになる。

だから、目をつぶって、私自身の話をした。

「私ね、小学校の頃イジメられてて」

『え？』

「それからかな、いや、それより前かも？　私のせいで、って思うと、すぐに謝る癖があって。わかってるんだよ、皆の顔色見て行動してるのも。だって自分に自信がないから。媚《こ》び売ってれば、何とか高校生活もやり過ごせるだろうとか。だから、そういうの全部今野さんに見透かされてるってわかって、恥ずかしかった」

『逆に羨《うらや》ましかったんだけどね？』

「へ？」

『あ、すぐ謝る癖はやっぱ直した方がいいと思うけど、斎藤さんって誰にでも優しくできるじゃない？　そういうとこは羨ましかった』

私が、優しい？

『いつもさ、掃除当番代わって〜って言うギャルの子いるでしょ？』

「あ、うん」

『そうそう、私なら絶対に嫌だってすぐ断っちゃうんだけど、斎藤さんはいつだって代わってあげてるじゃない？　一度、私、斎藤さんに言ったことがあるの。代わってあげるのは、あの子の為にならないいんじゃないの？　って』

「そうだっけ？」

『そうだよ、でも斎藤さんは、忙しい時はお互い様だからって笑ってた。私とは違う感覚なんだろうけど、なんだか羨ましいって思ったんだ。やっぱお寺さんの子だから心が広いんだろうなあって、自分のバカ正直さが少し恥ずかしくなったし』

「でもあの子たちには、自己満足って言われたけどね。先生によく見られたいから引き受けてるんだろうって」

ははっと自虐《じぎゃく》的な乾いた笑いが部屋に響く。

『斎藤さんは、そういうつもりだったの？』

「違うけど」

『じゃあ、ハッキリと違うって言えばいいんだよ。だって誤解されたくないじゃない？　まあ、どうでもいい人には、誤解されてもいいけど』

うん……、どうでもいい人には誤解されてもいいね。

「……ハッキリって、今野さんみたいに？」

『私なら言う前に、腹立ちすぎて後ろから蹴ってるかもしれないな』

時々、険悪な顔で人を睨む今野さんの顔を思い出して、やりかねないなとクスクス笑ったら。

『ねえ、そこは否定すべきところでしょうよ』

という不貞腐《ふてくさ》れた声が聞こえて、また笑ってしまった。

『大丈夫？』

「え？」

『なんだか最初、死にそうなくらい切羽詰まった声してたから』

「うん、正直、色々と切羽詰まってたけど、今野さんと話したら少しだけ、明日すべきことがわかったかもしれない。ありがとう」

『よくわかんないけど、役に立てたなら良かった。で、どうする？　甘いのとしょっぱいの』

「ねえ、それって一体？」

『お土産だよ。斎藤さん家に行く時の手土産にしようと思ってて』

「わー、迷うけど、じゃあ甘いのにする。私もお土産買ってく。今野さんは、甘いのとしょっぱいのどっちがいい？」

『え？　いいの？　って、そういえば斎藤さん今どこにいるの？』

「大阪だよ」

そう言えば、東京を離れるとしか、今野さんには言ってなかったっけ。

『大阪〜！　じゃあ、豚まんでいいよ』

「へ？」

『大阪名物の豚まんがあるんだって。一度食べてみたくて、チルドもあるらしいから、それでいいよ』

「待って、お土産指定してくる人初めてなんだけど」

今野さんの笑い声がスマホの中で響き、つられて私もクスクス笑った。

『んじゃ、明後日。お昼過ぎ』

「うん、豚まん用意して待ってるね」

DAY7

「お世話になりました」

「ホンマにこのまんま帰ってしまうん？」

八月半ばの朝七時、今朝も飽きもせずにギラギラと降り注ぐ陽ざし。

大阪に来てから聴きなれた、本堂の樹々に止まるクマゼミのシャアシャアという鳴き声が今日も騒がしい。

関東よりも湿度が高くてサウナみたいに茹《う》だる夏。

今日も昨日みたいに暑くなるな、と目を細めて大阪の青い青い空を見上げた。

坂口さん家の玄関先で頭を下げた私を、心配そうな顔でお二人は見送ってくれる。

「ええんやで？　もう一泊してってても、何なら夏休み中ずっとおったって」

「そうそう、夏だけウチの子になっとったらええのに」

そんな二人の笑顔が嬉しいけれど、微笑んだまま私は首を振る。

「今日じいちゃんに帰るって約束してるんです。お盆だし、うちの寺も忙しいから、手伝わないと」

「斎藤さん、ユイカちゃんがおらんで寂しがってるかもしれへんもんな。よろしく伝えてな？　ほんでまた絶対おいで、ええな？」

「はい、また来ます！　必ず」

頭を下げて歩き出す私をずっと見送ってくれている二人に、角を曲がるまで何度も何度も振り返り、手を振った。

今日は私、やらなきゃいけないことがたくさんあるの。

慶くんとたくさん話さなくちゃいけない。

誤解を解きたいんだ、自己満足なんかじゃなかったから。

それと、慶くんが私にしたことを認めさせて謝ってもらわないと！

慶くんにそんなつもりはなくて、無意識にしてしまったのかもしれないけど。

でもね、私、気づいちゃったんだから！

私、すっごく怒ってるんだからね？

いっぱい、文句があるんだから。

だから、私のことを待っていて。

慶くんがあの場所にいますように、と祈りながら昨日離ればなれになった戎橋へと向かった。

＊＊＊

朝の戎橋は観光客も、まだまばらだった。

この界隈で働く人たちの方が、この時間だと多いようだ。

昨日慶くんとはぐれてしまった辺りを目指して、川縁へと下り、歩き出す。

ジョギングをする人たち、体操をしている人、犬の散歩や、『じっと川を見つめている人』がいたり。

ポケットに手を突っ込んで川面を見つめる、何とも言えない寂しそうな横顔が、私に気づいたかのようにハッとこちらを振り向いた。

近づく私を見て気まずそうにポリポリと頬を掻きながら、それでも視線を逸らすことなく、そこにいる。

君まで一〇メートル、五メートル、そして一メートル。

頬を膨らましたまま彼を見上げたら、ヒクッと頬が引き攣っていた。

「お、おはようさん」

誤魔化すように笑ってみせるけど、焦っているようだ。

「他には何か言いたいことない？」

「ユイカ……？　何や、その顔も怖いんやけど喋り方が」

「怒ってるから怖いに決まってるでしょ？　勝手にいなくなるとか私がどれだけ心配したのか、わかってんの？」

「……、心配しとったん？」

「心配したに決まってるでしょうが！」

ポカンと口を開けた慶くんに怒鳴ってから、気づく。

すれ違う人がまた私を不審者のような顔で見つめていることに。

仕方なく少しだけ声のトーンを落としながら慶くんの横に並び、川の方を見つめながら話を続けた。

「ねえ慶くん覚えてる？　最初に会った日のこと。あの日慶くんは私を見た瞬間電気が走ったみたいにビリビリして、運命の子だってわかった、ってそう言ってたよね？」

「言うた、あんなビリビリすんの初めてやったし、ユイカだけが他の人と違って見えたんよ。光が射してるちゅうか、色が違うなって」

「あのね、今まで言えなかったけれど。私だって同じだったの。慶くんと目が合った瞬間、感じたことないぐらいゾクゾクゾクって背筋が粟立って」

「その通りだよ、だけど怖くなかった。慶くんだけがやっぱり違って見えた、ああ、この人と出逢うことになってたんだ、って私もそう思ったから」

私たちは、きっと、出逢うべくして出逢ったんだよ、慶くん。

心配しないわけがない、あの時からずっとね？

「……心霊現象や」

渋谷、路地裏、陽炎通り。

真夏の猛暑日、炎天下の昼下がり。

私があの日、お使いに行かなければ慶くんに出逢うことはなかった。

安念寺へのお使いならば、それまでに何度も経験していたというのに。

きっと何度だってすれ違っていたはずなのに。

あの日初めて、あなたに出逢えた。

この夏、私たちが出逢うのは、決められていたのかもしれない。

あなたが煤になってしまう前に、出逢えた運命の子が私で良かったって思う。

出逢えてなかったら、私の心の闇は今もきっと拭えないままだった。

あなたとあの日に出逢うことは運命だったんだって、そう思ってた、本当はずっとずっとね。

奇跡みたい、ううん、これは奇跡だ。

「慶くんの最後を見送るのは私の役目だよ？　最初は慶くんの言う通り、嫌がってたかもしれない。でも、自己満足なんかでやっていたわけじゃない」

「うん……堪忍。オレ、昨日はなんだか全部が嫌になってしもうて。そんで、ユイカに八つ当たりしてしもうて……」

慶くんが私に大きく頭を下げる。

「私も少し言いすぎた。それは、ごめん」

「いや、オレの方が」

と互いに謝り合ってから、ようやく顔を上げた慶くんが照れたように笑う。

「慶くん、約束して？　もう、勝手に消えるのは無しだよ。だって、私たち、後半日も一緒にいられないんだから」

残り時間を口に出したら、一生懸命笑おうとしても、どうしたって勝手に涙が落ちてくる。

止まらなくなってしまう。

　こんな顔を晒したら、慶くんに全て見透かされちゃうような気がして必死に堪えようとしても無理だった。

「あんな、……恥ずいから言わんとこって思うてたんやけど。ユイカと一緒におれたこの一週間は、死んでもうてからの二十年よりも大きいもんやったで？」

「うん、……」

「ホンマ、めちゃくちゃ楽しくて、ほんでいっぱい笑って泣いて。おかしな話やけどめっちゃ生きとるみたいやった。せやから最後まで、よろしく頼んます。今更やけど」

　おおきに、と慶くんの声が泣き声なのは気づいている。

　だけどお互いに照れくさくて、川の方を向いて隣り合ったまま泣き笑い。

　だって手を伸ばしたってその涙を拭い合うことはできないって、痛いぐらいにもうわかっているから。

　私たちはこの夏、一生懸命に生きた。

　だから笑って、最期を見送らなきゃ！

　慶くんよりも先に涙を止めるために、覚悟を決め深呼吸して涙を拭った。

「さて、それでは慶くんに幾つか話があるんだけど、どれからにしようかな」

　そないにあるん？　と少し引き攣りながらも慶くんも涙を拭いた。

「……、まずは、慶くんのお母さんのお話、いい？」

慶くんは驚き一瞬目を見開いたけれど、頷くでも嫌がるわけでもなさそうなので話を続ける。

「慶くんのお母さんね、数年前に亡くなってた」

「……、さよか」

「お名前はサトミさん、病死だったって」

ふうん、と言うだけで表情も変えることなく、川を眺める横顔に。

「恨んでる？　お母さんのこと」

「……昔は、な」

「今は？」

「わからん……、せやけど学園におったから加奈に出逢えたわけやし。そう考えたら、な」

「お母さんね、亡くなる数日前に慶くんに会いたいって言ってたって」

なんで？　というように私を見た慶くん。

明らかに動揺しているみたいだ。

「慶くんが自分のせいで苦労しているだろうから、申し訳ない、会って詫びたいって言ってたって」

「アホ、か……オレのが先に死んでるちゅうねん、今更何を詫びる気や」

自嘲気味に笑う慶くんに首を横に振った。

「本当はずっと慶くんに会いたかったんだと思う。だけど合わせる顔がなかったんだよ、お母さん」

「は？」

「私は慶くんに教えてもらった。父さんも母さんも、私を愛してたから守ることができたから未練はなかった、って。慶くんのお母さんもきっと、きっとね。慶くんのこと愛してて、本当は側にいたかったんじゃないかな。だけど手放してしまったから……。だから、口に出すのは自分に禁じてたんじゃないかな」

「っ……」

「ずっと後悔してたんだと思う、慶くんを捨てたことを」

アホかっ、と吐き捨てるように呟いたまま、慶くんはしばらく黙って川の流れを見ていた。

「成仏したら会《お》うてくるわ」

「え？」

黙ったままだった慶くんが八重歯を零して笑いかけてきた。

「会うって？　え？　お母さんに？」

「そや、ほんでな、なんでオレのこと捨てたん？　って文句言うわ」

その笑顔とは正反対の強烈な一言に私が絶句していると。

「んで、謝らせたるわ、悪かったたって。ほいたら、まあ、仕方ないから許したるかな」

「慶くん……」

「どんなんでもオレの母親やしな、それに産んでもらえんかったら加奈にも会えんかった。ほんで死ななきゃユイカにも会えへんかったやろ？」

強いな、慶くんは。

こんな慶くんに会ったなら、お母さんも泣いちゃうと思う。

とっても優しくて男らしい人が自分の息子だって思ったら、きっと。

「あ、ユイカの父ちゃんと母ちゃんに会うのも忘れてへんからな？　絶対絶対会うで」

あの日の約束みたいに小指を出す慶くんに微笑んで、永遠に絡むことのない小指を差し出した。

約束みたいな真似事。

慶くんはお母さんのことを何も言ってなかったけれど、きっと未練の一つだったと思う。

必ず二人が会えますように、私もずっと手を合わせて祈るから。

「ねえ、慶くん、今八時四十分なの」

ホラ、と私は自分のスマホのデジタル時刻を慶くんに見せた。

それがなに？　と私を見つめる慶くんに話さなきゃいけないことが後二つ残っている。

どちらも一緒に話さないとね？

「九時に戎橋で待ち合わせしてるんだ、加奈さんと。会ってくれるよね？」

げっ、と顔を引き攣らせたけれど、もう嫌だなんて言わせないよ？

人を自分の昔のデートコースに巻き込むぐらい、まだ加奈さんのことが好きなくせに。

「昨日の通天閣、串カツ、戎橋、グリコ、たこ焼き、この川縁？　誰かさんのデートコースなんじゃないのかな？」

顔を強張らせて、私から必死に目を逸らす。

「失礼だと思わない？　私の初デートを自分の昔のデートコースに利用するなんて」

「そ、そないなつもりや」

「へえ？　絶対違う、って言える？　言い張るんなら私が加奈さんに聞いてみてもいいけど？」

「ちょ、ユイカ、それだけはヤメて！」

「だったら認める？　私のこと利用して懐かしんでました、って」

詰め寄るとブンブンブンブンブンっと思い切り首を横に振る。

「確かに昔のデートコースやったんは違いないで？　せやけど、ユイカ利用して懐かしんだ、とか言わんといて！　ユイカに見てほしかったん、オレの生まれたとこ。生まれて育ったとこ。ちょっとでも大阪好きになってくれたらええなって」

申し訳なさそうに眉尻を下げて項垂《うなだ》れる慶くん。

まあ、嘘ではなさそうだし、それに私は慶くんのオススメにまんまとね。

「好きだよ、大好きになったよ、大阪。好きになったから、坂口さんにもまた来るねって、約束したんだよ。不思議なんだけれどね、この街にこれから何度も来るかも、なんて不思議な予感がしてる……、だから、案内してくれてありがとう。大阪大好きになれたのは慶くんのおかげ」

そう言うと慶くんはパッと顔を輝かせたけれど。

「でも、ちょっとは懐かしい、って思ってたでしょ？」

「う、……ほんのちょっと……」

きっとここが慶くんと加奈さんにとっての二人の思い出の場所なんだ。

だから慶くんは昨夜ここに引き付けられて留まっていたんだろう。

「会おう、慶くん。加奈さんに」

「加奈に……」

そう言ったまま黙ってしまった慶くんが、何かに気づいたように私の背後に視線を合わせている。

「なに？」

私も振り返って慶くんの視線を辿った。

その先には、一人の女の人が立っていた。

こちらが見ていることに気づかないでいる彼女は、戎橋の方を見上げて空を仰いでいる。

ふわりとパーマのかかったセミロングヘアに、所々インナーカラーの入った髪が風に揺れている。

黒いブラウスシャツを白いシフォンパンツへとインし、細い腰には革ベルト。

その人は空に向かって一つ大きく伸びをして、それから何かに気づいたようにこちらを振り向く。

目が、合った。

ドクンと大きく心臓が跳ね上がる。

あの人は、そう『加奈さん』だ。

写真の十七歳のキュートな加奈さんの面影は残しつつ。

でもあの頃の加奈さんよりも、もっとキレイになっていた。

その何とも形容しがたい、大人の美しさに思わず息を呑む。

「おはようさん、違うたらごめんな、斎藤さんやない？」

逆光になって眩《まぶ》しいのか、目の上に手を翳《かざ》しながら私の方に向かって歩いてくる。

私も慌てて加奈さんの方へと向かって歩きながら慶くんを横目でチラリ。

……、すっごい、見惚れてんじゃん！　だらしなくポカンと口開けて！

慶くんのその顔にほんのちょっとムカついたけれど、どうやら消えることもなく側にいるようだ。

「あの、加奈さん、ですか？」

「そや、あ、田辺くんな、バイトの子具合悪くなってもうて店抜けられへんて。私一人で斎藤さん見つけられるやろか？　って言うたらな？　昔の私みたいな子やからすぐ見つかるやろって」

嬉しそうに笑った加奈さんは私の頭を優しく撫でてくれて、それから。

「ホンマ、昔の私に似とるわ！　せやけど私よか全然美人やで？」

と肩を竦めて、向日葵のような笑顔でおどけてくれた。

「どないしよか、どっかカフェでも入ろか。ここにおったら暑いし」

「お任せします」

ほな、と歩き出す加奈さんを左に。

ただただ何度も加奈さんを覗き込んでいる慶くんを右に。

二人の真ん中で、何だか私はお邪魔みたいでちょっとへこんじゃう。

すれ違う人からは、私と加奈さん二人だけで歩いているように見えているんだろうけれど。

もう一人いるのだ、めちゃくちゃ挙動不審になっている幽霊《けい》くんが。

カフェに入り、真向かいの席に座る。

おしぼりで手を拭く加奈さんの顔を至近距離でそっと見上げたら、やっぱり美人さんだった。

でもって、加奈さんはとてもいい匂いがする。

一緒に歩きながらふと、思ったのは、傍から見たら二人で歩く私たちは親子に見えているかもしれないってことだ。

時々、私が疲れていないかと心配そうに顔を覗き込んでくれる優しい笑顔が、私の母さんに重なる。

お母さんって、こんな感じなのかな？

「斎藤さん、コーヒーよりもジュースのがええ？　お腹空いてるやろ？　ここモーニングも美味いねんで」

朝ご飯はもう食べてきているんです、と言い出す間も与えられず、加奈さんはサッサと店員さんにモーニングセットを二つ頼んでしまった。

慶くんを見たら何だか口元が緩んでいるけど、笑ってる？

私と目が合ったら「加奈な、時々人の話聞かんと動きよるんよ」と苦笑していた。

飲み物が届くまで、私のことを聞かれた。

今は、何歳なのか、じゃあ今年は受験だね。

お家は東京のどの辺り？　お寺さんなの⁉　などと他愛もない質問をされ、都度私はそれに答える。

届いたアイスコーヒーをブラックのまま一口飲んだ加奈さん。

私は加奈さんオススメのミックスジュースをゴクゴク飲んだ。

しばしの沈黙の後、加奈さんは一瞬どこか遠くを見ているかのように目を細め、小さなため息をついた。

それはまるで息を整えているみたいに。

大切なことをこれから話す前のように感じ、私も小さく深呼吸をした。

「ほな、……慶の話聞かせてもろてもええ？　田辺くんからも聞いたんやけど、ちゃんと斎藤さんの口から聞きたいんよ」

「はい」

東京での慶くんのお話を、私が知っている真実をあなたに伝えるために私は大阪《ここ》に来たのだから。

慶くんがショウ兄として慕っていた社長さんの話を、田辺さんに話した時よりも詳細に加奈さんに伝えた。

何度、働かせられないと断っても、また翌日には働かせてほしいと通ってきていた話。

薄汚い恰好になっていく慶くんが路上に寝泊まりしていたのを知って、当時の社長にかけあってくれたショウ兄さん。

そのショウ兄さんからもらった月の給料のほとんどを、多分加奈さんに振り込んでいて、残された財布には数万円しかなかったこと。

ショウ兄さんは、素直な慶くんのことを弟分のように可愛がっていたこと。

話を進める中で、加奈さんは驚くほど冷静に私の話を聞いていた。

私の隣に腰かける慶くんが、既に泣いているのに、加奈さんはずっと微笑んだままで私の話を聞いている。どこか拭えない違和感。

私がとまどっていることに加奈さんは気づいたのだろうか。

「五年前な、今の夫と結婚する時にアホみたいに泣いたんよ」

「え？」

「一生待っとろうって思ってたてん、慶のこと」

そう言って加奈さんがカバンから出した慶くんの写真。

これって……。

私も慶くんが持っていた加奈さんの写真を取り出して、並べた。

二枚の写真は同じ場所で撮られているのだろう、後ろの背景が全く一緒。

「これな、慶が東京に行くの決まった日に撮ったんよ。慶の家でお互いを。んで、離れてても忘れんように、毎日思い出そなって、約束して」

加奈さんは、大切に大切に持っていたのだろう。

慶くんが財布の中に入れて持っていた加奈さんの写真よりも。

加奈さんが持っていた写真の慶くんは色鮮やかで、『今ここにいる慶くん』、そのもの。

泣かないと決めたはずだった。

「慶、子供庇って亡くなったんやて？」

「そう、みたいです」

「……らしすぎて、怒ることもできひんやん」

二枚の写真をテーブルの上に並べて、懐かしそうに目を細める加奈さんは何を思っているのだろうか。

あの頃の二人のこと？

それとも一人になってからのこと？

「泣いてばかりもおられんかったんよ、あれからずっと。そやからずっと怒っとった。まあ、たまに思い出しては、だらしのう泣いてもうた時もあったし、ホンマは今も泣きたいんよ？」

きっとなんで泣かないの？　って、私の顔には出ていたのかもしれない。

慶くんがボロボロに泣いているのに、加奈さんは平気なのかな？　って。

「どっかで生きとったらええな。うちよりも可愛え嫁さん見つけてそっちに行っとってくれへんかな、って思ってた」

　笑いながら話す加奈さんに、首を横に振る。

　だってそんな人じゃない、慶くんは絶対にそんなことするような人じゃないから。

「わかっとる……、わかっとった、どっかで。慶が帰ってこないのは、そういうことじゃないやろかって。でも、それ認めてしもたら、ホンマに戻らなくなるんやないか、って。いつかアホな顔して、やっぱり加奈がええ、って戻ってきたら一発どついて許したるのに、って……」

　もうどつかれへんやん、と笑った瞬間に、ポロッと大粒の涙が加奈さんの頬を伝う。

「ちょ、ちょっと待ってコンタクト！　いややん、ズレてしもた、待ってな？」

　泣かないんじゃない、加奈さんは必死にただ堪えてただけだ。

　なんで泣かないの？　だなんて、事情も知らない私が思うべきことじゃなかった。

　何年分もの涙が堰《せき》を切り、決壊したように零れ落ちていく。

　コンタクトのせいにして泣いてしまった加奈さんが切なすぎて、ポケットから出したハンカチを手渡した。

「アカン、今日帰るんやろ？　汚してしまうから」

　断ろうとする加奈さんにそれでもハンカチを押し付けた。

「返さなくていいです、使ってください」

加奈さんの涙を、拭いてあげられない慶くんの代わりには到底なれないけれど。

今はこれで拭いて、そしてもうちょっとだけ慶くんのお話をさせてほしいから。

「あ、ごめんな、モーニング食べよ、冷めてもうたやんな」

話の途中運ばれてきた食事。

店員さんは涙目の私たちを見比べて、ちょっと気まずそうだった。

「バター塗ったトーストに、目玉焼き載せて食べたらうまいんよ」

我が家は専《もっぱ》ら朝はご飯で、トーストは学校の給食ぐらいだった。

だからサクッとした歯触りで中がふんわりとした、その焼きたてパンの食感に目を丸くする。

「……美味しい、です」

うわあぁ、こんな美味しいものある？

お腹いっぱいなはずなのにモグモグと食べ進める私は、半分ぐらい頬張ってから加奈さんの視線を感じてハッとした。

「良かった。喜んでくれて。私な、すぐにお節介焼くとこあって。慶ともそれでケンカしたことあるんよ」

「え？」

「たとえば慶が定期テスト前になっても勉強せえへんかって。心配で、慶の分ノートまで作って渡しに行ったら、余計なことするなって。私が一緒に勉強教えたるからって言うたら、そんなの加奈の自己満足やろって」

私に言ったことと同じことを加奈さんにも？

ジロリと横目で慶くんを見たら目が泳いでいる。

「でもな慶がそう言うのって、単に言いわけやねん。正論で反論できひんと、イジけてそうなるんよ。その時は勉強したくないからだけやったわ」

クスリと加奈さんは笑っていた。

「せやからお節介は続けた。なんぼ嫌がられてもええ、ちゃんとこっちには想いがあんねんって。慶には、そんな私の気持ち届いてなかったかもしれへんけどな」

慶くんは、もげそうになるくらいブンブンと首を横に振っていて。

ああ、昨日も私に言われたことに反論できなくて、イジケてしまったのかと思うのと同時に。

信頼している加奈さんと同じように、私にもそんな態度を取ったのは。

私にも心を許してくれているからだろうか、なんて思ってしまった。

思わず、ふふっと顔が緩んだら。

「女の子は可愛えなあ、私も娘欲しかったわあ」

とニコニコして私を見つめている加奈さん。

娘が欲しかったたってことは、息子さんがいるの？　…もしかして？

ドクンと鼓動が大きくなって慶くんを見たら、私と同じことを感じているのか、加奈さんを食い入るように見つめていた。

「見てくれる、これ。可愛え顔してるやろ？　でも男の子やねん」

スマホの待ち受けに写る、加奈さんに似ている可愛い顔した男の子。

「年少さんなんやけど、まあヤンチャやねん。今朝もライダーキックされて、ゲンコツしたった。まだ母ちゃんには敵わないみたいで泣いとったたわ」

鼻の間に皺を寄せて悪戯《いたずら》っ子のように笑う加奈さん。

年少さん……、三歳？

今のご主人との間のお子さんだろう。

私も慶くんも加奈さんに、聞きたいことはきっと同じ。

今それを聞くことができるのは私一人だというのに、幸せそうな今のご家庭の様子を垣間見てしまって、何も聞けなくなる。

「男の子なんて今だけなんやで？　お母ちゃん、お母ちゃんって、うちにベッタリなんは。その内家にも寄り付かなくなる、ああ、面白ないわ、上の息子《こ》はホンマに」

「可愛い、ですね」

上の、息子？

驚いた私の顔に気づいた加奈さんは微笑んで。

「もうすぐ二十一歳になるんよ、上の息子」

上の……子……。

どれぐらいの時間、固まっていただろう。

私も、きっと慶くんも。

全ての時間が止まって、周りの声も聞こえなくなるくらい、ぼんやりとしていた。

「どないしたん？　息子の話、田辺くんから聞いとらんかったん？」

加奈さんが不思議そうに私の顔を覗いているのに気づき、慌てて首を横に振る。

「ごめんなあ、あの子恥ずいって、全然写真撮らせてくれんから、最近の持ってないねん。せやけど、まあ、なんもかんも慶にそっくりでな？　背えばっか高くなってん。バスケやっとるんよ、ほいで今は東京の大学行っとる、スポーツ推薦《すいせん》や。頭は賢くないんやけど身体は丈夫やしな、慶もそうやった」

生まれてたんだ、慶くんと加奈さんの大事なお子さん。

慶くんを見たらもうテーブルに突っ伏しそうな勢いで号泣していて、それを見たら私も嬉しくて、嬉しすぎて、一緒になって泣いてしまった。

「斎藤さん？　大丈夫？　どないしたん？」

さっき私が上げたハンカチを戻そうとして、自分が使ったのを思い出したのか加奈さんはオロオロしている。

「大丈夫です、まだ持ってます」

泣き笑いしながら、自分のハンカチで涙を拭く。

「だから、泣いている暇がなかったんですね」

「そや、ずーっと怒っとったよ。なんでこない可愛え子に会いに来んの？　慶のアホンダラって」

スマホを操作して見せてくれたのは、一歳くらいのハイハイしてる赤ちゃんの写真。

笑うと無くなる目元が慶くんにそっくりだ。

私と同じようにそれを覗き込んで、愛しいものに触れるように実体のないその指で、優しく優しく撫でる慶くん。

泣きながら微笑んで、それから小さな声で。

「父ちゃん、やで？」

と目を細めてる。

お向かいに座る加奈さんもまた愛おしそうに微笑んでいて。

そうか、私の両親もこんな風に優しい顔をしていたんだ、きっと。

素直にそう思えた。

子を思う父母の愛が、加奈さんからも慶くんからも溢れ出ていたから。

「この子がおったから、耐えられた。慶のことずっと待っとろうって思えたんにな……、最後まで待たれへんかった、堪忍な慶」

加奈さんが待っていられなくなった理由、それは母子家庭ならではのことだった。

今のご主人と同じ美容室で働いていた加奈さん。

何度かそういったアプローチを受けてはいたものの、お子さんのこともあるし、慶くんを待つと決めていたから断っていたそうだ。

親子で必死に生きていく日々、そんなある日。

「倒れてしもうたんよ、不正出血と過労とで。ちょっと子宮に影がある、そのまま入院して、癌《がん》かもわからんから詳しく調べましょうって」

身体を壊しても尚、慶くんとの間にできたお子さんはその頃まだ中学生で、入院なんかしている場合じゃない、帰らせてほしいと医者に詰め寄ったそうだ。

その揉めているところに、間に入ったのが、倒れた加奈さんに付き添ってくれた今のご主人で。

息子さんとも面識があり、まるで兄弟のように仲が良かったらしい。

『ちゃんと診《み》てもらって、悪いとこ全部治さんと！　もっと長生きせんかったら慶さんにも会われへんよ？　息子が悲しむで？』と、加奈さんが入院中に息子さんの面倒を見てくれたのだという。

「結局な、無理が祟《たた》ってのホルモンバランスを崩しての不正出血、そのための貧血やったん。影はその出血が溜まってたせいやってんな、あの時はホンマ一瞬覚悟決めたわ」

今だからこそ笑って話せるのだろう。

その話の間中険しい顔をしていた慶くんが、病気の結末と加奈さんの笑顔に安堵のため息をつく。

「無理させてもうて、堪忍」

そんな慶くんの声が、加奈さんに届いていないのが切ない。

慶くんの様子に気づくことなく、加奈さんの話は続いていく。

「彼がな、一人で無理せんで？　って、ことあるごとに私の体調気遣ってくれて、子供とも遊んでくれたりしてな……、優しい人やなって。慶のこと忘れたわけやないのに、自分の気持ちがもう一つ増えてしもうて」

悔しそうに、申し訳なさそうに唇噛みしめた加奈さん。

「そやから断ったんよ、慶がおるからって。慶に悪いって。ほいたら何て言うたと思う？　慶が帰ってくるまでで、ええよ、って。それまで私のことを支えさせてほしい、って」

その言葉を聞いて、その日、その時、加奈さんは慶くんのために泣いて、泣いて、泣きじゃくって。

「そないな人、代わりになんてできひんやろ？　そやから、その時に心の中で、慶に別れを告げた。もう慶のために泣くのは最後やって。そのはずやったのに、なんでやろな、涙が止まらんわ」

と、目頭を押さえて必死に笑ってみせる加奈さんを、慶くんはどんな気持ちで見つめているのだろう？

「加奈さんに、これをお渡ししてもいいですか？」

さっきの写真と共に預かってきた慶くんの遺品。

社員証と指輪を手渡した。

加奈さんは懐かしそうに目を細めて、首元のネックレスを外した。

「これのな、片割れやねん」

涙を拭きながら見せてくれたのはネックレスにかかる、お揃いの指輪。

慶くんが持っていたものより一回り小さい、加奈さんサイズのＫｔｏＫと彫られた指輪。

「堪忍な。もう指に嵌《は》めることはできんけど、これからはずっと一緒やで、慶」

そう言ってネックレスに慶くんの指輪も通す。

二つ仲良く並んだ指輪を見て微笑みネックレスを着け直し、大事そうに胸元に入れて、ギュッと上から握りしめた。

「ねえ……、嫌やわあ、この顔」

社員証を見て、ブッと噴き出した加奈さん。

「うちの子そっくりやん……、ホンマよう似とるわ」

と優しく指先で撫でている。

「もう息子に年越されたで、慶……。あんたに、あの子会わせてあげたかったわ」

そう言って社員証を抱きしめて泣き笑いする加奈さんを、慶くんは慰めるように必死に頭を撫でてる。

でも、それは全然伝わってなくて少しだけ悲しい顔をした慶くんは。

「ありがとう、加奈。オレも会いたかったわ」

諦めたように微笑んだ。

慶くんのその微笑みに気を取られ、泣いている私に。

「教えてくれへん？　斎藤さんは、なんで慶のことにこない詳しいん？」

ひとしきり泣いた後、私の目を食い入るように見つめる加奈さんに、何をどう話すべきか。

話してもわかってもらえないんじゃないか。

慶くんは、そもそも話してもいいと思っているのだろうか？

そっと慶くんに相談するようにそちらを見ると。

「さっきから、斎藤さん、時折どっか見とるやん？　まさか、……な？」

私の見ていた方、慶くんがいる場所をじっと眺める加奈さん。

慶くんはそれに驚いて目を丸くしているけれど。

「アホやんな、堪忍。何言うとるんやろ。アホなこと言いよるとか気味悪いとか思わんといてくれる？」

加奈さんは照れたようにハハッと笑いを零した。

「そないやったら、面白いやろなって。慶の言葉を、斎藤さんが色々届けてくれたみたいで、ホンマにめっちゃ嬉しかってん」

「あの」

「ええの、ええの。なんで、とか、そんなんよりも。慶の生きざまを知れたことが本当に嬉しかったし」

今ここに慶くんがいることを言った方がいいのか、言わない方がいいのか。

迷って、だけど。

「……、ごめんなさい、私、……ある人に託されたんです」

慶くんが『言うな』と首を振っているから。

でも、ね？

「不動慶さんは、ずっと加奈さんに会いたかったんです。私が彼の遺品を届けることによって、不動さんも喜んでくれたらいいな、と思って。だから、この役を引き受けたんです。それ以上は……依頼者の意思を尊重して言えません、ごめんなさい」

ずっと未練があって成仏ができず、ここにいるなんて知ったら、加奈さんの今後の人生に影を落としかねない。

慶くんはそれを望まない、でも。

託されたんです、あなたを大切に大切に思っている人から。

それだけは、どうかわかってほしくて――。

「さよか、ようわかったわ」

加奈さんは全てを理解し、包み込むような微笑みで頷いてくれた。

＊＊＊

加奈さんは私を東京行きの新幹線のホームまで送ってくれた。

「あの、大阪名物の豚まんってありますか？」

「あるで、こっちや」

加奈さんに連れられていったお店でチルドの豚まんを買う。

「お家へのお土産？」

「いえ、今時期のお寺ってお菓子や果物だらけで、そこにまたお土産持って帰るとじいちゃんも困るので」

「へえ、お寺さんにそないな事情があるんや。せやったら、友達、いや、彼氏のやろうか？」

「と、友達です、女友達にです」

慌てて真っ赤になって否定する私に加奈さんはクスクス笑って。

「ユイカの友達の話、初めて聞いたかも」

なんて、昨日の今野さんとの会話を知らない慶くんが驚いたように呟いて、にっこりと笑っていた。

「慶の遺品の残り、今度取りに行ってもええやろか？」

「はい、是非。その時は、ご案内しますね」

「ありがとな、斎藤さんに会えてホンマに良かった。長年の想いがスッキリした気分や」

出逢った時よりも更に大輪の花を咲かせるような加奈さんの笑顔。

その顔はきっと憂いの無さからか。

やっぱりキレイ、と見惚れる私の横で、慶くんも同じようにホウッと惚けた顔をしてる。だらしない顔してるなあ。

黙ってればかっこいいのに、この顔はちょっと幻滅するな、と苦笑。

新幹線を待つまでの間に連絡先を交換した。

慶くんは愛おしそうにずっと加奈さんを見つめている。

……、私がまだここにいるというのに、とほんの少し泣きたい気持ちになるけれど、やっと会えたんだものね、やっと。

後数時間しか慶くんは側にいられないんだもんね。

「あ、斎藤さん、ちょっと待っとってくれる？」

「はい？」

「大事なもん、忘れてたわ」

そう言うと、ホームにある近くのコンビニに走ってく加奈さん。

その後ろ姿を愛おしそうに見送る慶くんに声をかけた。

「ねえ、慶くん」

「ん？」

振り向いた慶くんもまた今までにないほど笑顔。

ああ、慶くんの中にあった未練は、ちゃんと浄化されているんだ。

「慶くんは大阪に残りなよ」

「ユイカ？」

「私なら大丈夫。新幹線に乗ってれば東京に帰れるわけだし。慶くんはもう私から離れることもできるんでしょう？」

「そや、けど」

「加奈さんの側にいなよ、最後の時間まで、ね？　後少ししかないんだから」

時間が来たらお迎えの道が、今の慶くんには見えるはず。

それまで、あなたの最期の時間を一緒に過ごすのは私じゃない。

あなたがこの世で一番愛した人と、でしょう?

「そやけど、オレはちゃんとユイカのことを東京まで見送ってくつもりやで?」

「慶くんの未練をはらすという私の役目は、さっき終わったんだよ。きっと慶くんは、この後ちゃんと天国に行って、そして私のお父さんとお母さんに会いに行ってくれるんでしょ? その約束だけ守ってくれたら、私はもう大丈夫。一人で帰れるから」

今大事なのは、その最期の瞬間を誰と過ごすか、誰といたいか、それだと思うんだ。

微笑んだ私にまだ慶くんが何かを言いかけた時、加奈さんが戻ってきた。

「斎藤さん、ハイこれ。うまいで?」

手渡された袋の中、覗いたらお弁当とお茶とお菓子が入っている。

「なにわ弁当や、色んなおかず入っとるで? お腹空いたら食べてな? おやつもあるよ」

加奈さんのその緊張感のない感じ、慶くんはきっとこういうところが好きだったんじゃないかな。

そのナチュラルな感じに元気をもらって、ふっと息が漏れた。

私のお母さんもこんな風に元気でキレイで優しい人だったかな？

きっとお母さんって、こんな感じなんじゃないかなって気がしてくるんだ。

加奈さんといると不思議にそんな感情が湧く。

少しずつ少しずつ新幹線の発車時刻が近づく中で、美しい人に微笑んだ。

「ありがとうございます、今度は東京で待ってますから」

「そやな、元気でな、斎藤さん。また大阪にも遊びに来てな？　今度は、うちに泊まりや！　観光案内したるから」

それはきっと昨日慶くんと回ったあのコースなんじゃないかな？　と思う。

笑顔の加奈さんの隣で、私のことを心配そうに見つめる慶くんに一瞬目を留めて。

加奈さんに気づかれないよう、小指を差し出した。

慶くんと過ごしたこの一週間と、さっきの約束があれば、私は一人で帰れる。

だから心配しないで。

あと、一つだけ、お願いがあるの。

私のこと、忘れないで？

だってほら私は。

私だけは知っているから。

あなたがこの夏、どんな風に泣いて笑ってこの一週間をたくさん悩んで、『生きていたかってこと』。

一番側にいた日々のこと。

あなたにも覚えていてほしい。

慶くんは、私をじっと見つめるだけで、触れられない小指を差し出してはくれなかったけど。

「ほな、ね！　また！」

発車のベルが鳴り乗り込んだ車内。

笑顔の加奈さんと、その横で泣きそうな顔をした慶くんに向かって、バイバイと手を振った瞬間にドアが閉まる。

またね、ううん、もう二度と会えないけれど。

私はあなたを忘れない、絶対に絶対に忘れないからね。

発車してすぐに新幹線の速度が速まって、二人の姿が流れるように見えなくなると、窓の外の景色がぼやけ始める。

最後は、あんな風な「さよなら」になるなんて、思ってなかったし、案外呆気《あっけ》なかったよね。

だけど、これで良かったんだよ。

慶くんは加奈さんの側で成仏していくのが一番いい。

なのに、どうしてだろう。

どうして、こんなに寂しいんだろう？

あんな風にドタバタしたものなんかじゃなくて、もっと、ちゃんと、あなたに伝えたいことがあったんだ。

ありがとうじゃ足りないほどの気持ちを。

私は、あなたに出逢えて、そして……。

慶くんっ……、私は、あなたのことを……。

席に座ることなく、ずっとそのままで肩を震わせて泣いていた私の耳に。

「あのな」

後ろから届く声に驚いた、だって。

振り向いた先にいる、聞きなれた声の持ち主。

「なんで？」

「わからん、気づいたら乗っとった」

ハハッと照れくさそうに頭を掻いている慶くんがここにいる。

「ねえ、まだ間に合わない？　加奈さんのところに戻れない？」

慌てる私に、慶くんは苦笑いして首を振る。

「加奈ならもう大丈夫やで。今頃きっと、ちっこい息子とパパさんとここに帰ってるんやないやろか」

「でも、慶くんは」

「加奈はちゃんと前進んどった、オレの未練はそれやった。加奈と息子のことが心配やったから、二人とも元気そうで良かった、ホンマに」

良かった、と微笑んだ慶くんが少し色を失っていた。

ああ、もう時間がないんだ。

慶くんの表情は、悟り切った顔をしていた。

その顔を私は、知っている。

おばあちゃんが見送った人たち、その道に昇っていく人たち。

私があの交差点で道を示したおばあちゃん、みんな、そうだった。

最期はこんな風に満足げな顔をして、キラキラと微笑むの。

「ユイカを東京まで送り届けることぐらいさせてや」

慶くんを見上げたら、眉尻を下げ、笑って私の頬に手を伸ばす。

頬を伝う涙を拭ってくれるような仕草に泣き笑いをする。

「慶くんに言い忘れたことがあるんだ」

優しく目を細めて私を見下ろす笑顔を目に焼き付けなくちゃ。

「さっき、加奈さんと慶くんが、息子さんの写真見て微笑んでいた時ね。私、ようやくちゃんとわかった気がする。きっと、私のお母さんとお父さんも、こんな風に笑ってたんだって。私の事、愛しいって思ってくれていて、だからこそ守れたことに満足してたんだって。二人の顔を見て、やっと理解できたんだ」

「さよか」

「ありがと、慶くん。大事なこと、私に教えてくれて」

照れたように頭を振る慶くんが私を見る目は、父のような優しさに溢れている。

さっき、私に友達がいることを知った時も、安心したように笑っていたもんね。

だから、私の想いをあなたに伝えることは永遠にない。

だってそれは、今度こそ本当に慶くんを困らせてしまう私の自己満足だから。

想いを笑顔に置き換えて、慶くんと二人で指定された席に向かうと。

私の隣の席が、ポッカリと空いている。

まるで慶くんのために、空けられているようなそれを見て、顔を見合わせて笑って席に座った。

「ユイカ、眠《ねむ》ない？　疲れてへん？」

大丈夫、そう言っていたのに、名古屋を過ぎた辺りで突然眠くなって、あくびがでてきた。

「ねえ慶くん、提案があるの。東京に帰ったら、このまま息子さんとこに行ってみない？」

「は？」

「東京に着いたらすぐに、加奈さんに電話して聞いてみるからさ、会ってみようよ？私も会いたいな、慶くんにそっくりの息子さんに」

小さな声で会話をしながらチラッと見たスマホは、十三時半を少し過ぎたあたり。

あの日慶くんと出逢ったのが、何時だったのか詳細には覚えてないけれど、多分、うん、まだ間に合うんじゃないかな？

「ええな、会《お》うてみたいわ、オレも」

八重歯を零して笑う慶くんに心の中があったかくなる。

私ね、その笑顔がずっとね、最初に会った時からずっとね。

言えないけど、絶対に言わないけど――。

慶くんの笑顔を焼き付けるように、安心して目を閉じる。

ごめんね、慶くん。

今は、なんだか眠くて仕方ないの、ちょっとだけ寝かせてね。

「寝とき、着いたら起こしたるさかい」

「ありがと」

「ん、疲れたやろ？　おおきに、ホンマおおきにな」

「ううん、私こそ、ありがとうだよ」

「ユイカで、良かった。ユイカが、オレの運命の、子で」

私も、と声に出すのは照れくさくて、少しだけ頷く。

ふわりと一瞬風が吹いたように、私の髪の毛を優しいものが触れる感覚がした。

まるで本当に慶くんに撫でられたような気がして、目を瞑ったまま微笑んだ。

「最初に、ユイカに会《お》うた時、誰か似とる、そんな気がしよって。記憶取り戻して『ああ、そうか、加奈に似てたんやな』って。顔やない、優しいとこや、すぐに謝ってるとこや。せやから、オレ甘えてたわ。イケズなことも言うてしもうて、堪忍やで」

それはきっと私に向けた『自己満足』のことでしょ?

そっか、甘えてくれてたのか。

心の奥に温かなものが雪崩《なだ》れ込んできて、眠いのと泣き出したい気持ちがグルグルしてる。

「ユイカの優しさに惹かれたんやろな、きっと。出逢《でお》うてくれて、オレに気づいてくれて、ほんまにありがとう」

眠気に負けて、声に出せないもどかしさ。

出会ってくれてありがとうは、私の台詞なのに。

最後にたくさんの、ありがとうをあなたに伝えたいんだ。

あなたと出逢えたこの夏がなかったら、いつまでだって私は蟠《わだかま》ったままで。

大事なことを何一つ知らずに、大人になっていたと思う。

あなたの優しさと、さっきみたいな人懐こい笑顔。

誰かを大事に思う心も、子供を助けた勇気も、加奈さんや息子さんを想う気持ちも、全部全部全部ひっくるめて。

言えなかったけれど、ずっとね、ずっと——。

東京に到着する少し前に、流れてくるメロディでハッと目覚めた。

「慶くん……」

隣の席はまるで最初からそうだったかのように空席だった。

「慶くん？」

ウソだ、ウソだよ、こんなの。

東京に着いて、ホームから新幹線の中を探す。

わかってる、いるわけがない。

わかってる、わかってる、わかってるけど。

「ほな、おおきに……」

夢の中で慶くんの声が聞こえていた。

優しいあの声は夢なんかじゃなかったの？

ねえ、会うんじゃなかったの？　息子さんに。

バカ、慶くんのバカ。

ズルイよ、起こしてよ、私が泣いちゃうから、一人でそっと逝ってしまったんでしょう？

蹲った私の目の前で折り返すように大阪へと向かう新幹線に、どうか慶くんが乗っていますように、と願う。

声を上げて泣きじゃくる女子高生に向けられる、ホームを行き交う人たちの好奇の視線。

そんなの全然痛くない、恥ずかしくもないもん。

もう一度、慶くんに、会いたい。

ただ、それだけだった……。

＋１ＤＡＹ

あの翌日、今野さんが家までやってきて、私の腫れた瞼《まぶた》を見て一言。

「失恋したの？」

と無遠慮に首を傾げた。

何も言い返せずに、また泣き出した私の隣で豚まんを食べながら、ずっと側にいてくれた今野さん。

二学期が始まり、あれから互いのことを、ユイカ、マツリ、と下の名前で呼び合うようになった私たち二人の変化は、クラスで話題のようだった。

「どうでもいいじゃん、人の目なんか」

やはりまだ少し噂話を怖がる私に、マツリは不敵に笑う。

その顔を見てれば、何だか安心してしまって。

「掃除は、もう代わりません」

と笑顔で言い返せるようになっていた。

それを見ていたマツリが「やればできんじゃん」とハイタッチを求めてきたから、パチンと笑顔で手を合わせる。

＊＊＊

そうして、夏も過ぎ、秋も半ばに差し掛かる頃、加奈さんから連絡があった。来週土日に東京に来る予定なのは前々から決まっていたので、てっきり詳細な打ち合わせかと思ったら……。

『堪忍、結夏ちゃん、そっちに行かれへんようになってん』

ここ数日、体調不良でどうにも具合の悪い日々が続いていたという加奈さん。今年の暑すぎた夏のせいでバテているのかも、と念のために病院に行ったら。

「えー？　おめでとうございます！　だったら大事にしていないと」

何と妊娠していらっしゃったとのことだった。

加奈さんの声が弾んでいて私まで嬉しくなってしまう。

『ホンマに堪忍やで、ツワリの出方がなんだか息子たちの時と似とるから、多分また男の子やで』

その瞬間、思い浮かんだのは慶くんの顔。

まさか、ね？

いくら何でもまだ早いか、だけど。

「きっと元気のいい男の子が生まれますね」

会いに行こう、絶対。

来年の春に生まれる男の子に。

大阪に行こう。

「あ、だったら不動さんの遺品、私が預かって送りましょうか？」

『いや、ええねん、ええねん、代わりのもんに頼んだんよ。結夏ちゃん、悪いんやけど私の代わりに案内したってくれる？』

「いいですけど？」

そうして今日、私は『彼を』案内することになった。

待ち合わせはあの交差点。

私が到着するより先に、その人はもう着いていた。

信号機のついた電信柱に花を供え、お地蔵さんに手を合わせている男の人。

しゃがんでいても背の高いことがわかる。

その背中に、重なる面影。

遠目からでも、あの人によく似ている気がするんだ。

違うのは髪の色、黒色の今どきの髪型をしたその人は。

近づき立ち尽くしたままで声すらかけられないでいた私に、彼はようやく立ち上がり、こちらを振り返る。

渋谷、路地裏、陽炎通り。

視線が絡んだ瞬間、あの感覚がよみがえる。

心臓の音がドクドクと大きく高鳴り、同時に背筋が粟立つほどにゾクゾクと甘く心地好く痺れていく。

「斎藤結夏ちゃんやろか？」

私を見下ろす笑顔。

切れ長の細いツリ目に、笑うと零れる八重歯。

どこかで聞いたことのある声と関西弁。

なんで？　ねえ、どうして、こんなにも？

「えっ、待って？　どないしてん？　オレ何かしたやろか？」

もう一度、会いたかった……。

彼の顔を見上げて、急に泣き出した私にオロオロしてハンカチを差し出してくれてから。

私の頭を撫でてくれるその手の感触に、その温度に、いよいよ溢れ出すものが止まらなくなる。

「ごめんなさい、なんでだろ」

必死に涙を堪えようとして笑ってみせたら、彼は不思議そうに首を傾げて食い入るように私を見つめて。

「オレら、会《お》うたことって……」

「え？」

「オレら、どっかで会《お》うたこと、あるような……って。堪忍、何やろね、気持ち悪いこと言うてしもて、そやけど」

恥ずかしそうに笑った、その人は。

「いつか、会《お》うたことある気がするんやわ」

と私の涙を拭う指。

触れてみたかった、指の温かさ。

「オレ、永野《ながの》怜《れい》、言います、今日は一日よろしく頼みます」

え？

「レイくん……？」

泣きながらも笑い出したら、「なんで、笑うん？　意味がわからん」と困ったように笑う彼は。

夏の日の彼の笑顔、そのもので。

だったらもう、笑うしか、ないでしょう？

――慶くん、私はきっと君といたこの夏を忘れることはないと思う。

●定価：770円（10%税込）　●イラスト:ajimita

ISBN:978-4-434-33898-4

春の真ん中、泣いてる君と恋をした
In the middle of spring, I fell in love with you crying
佐々森りろ
もう一人で泣かなくていい。
春の真ん中、泣いてる君と恋をした
もう一人で泣かなくていい。
心がじんわり温かくなる、孤独な二人の再生ストーリー
アルファポリス文庫
両親の離婚で、昔暮らしていた場所に
引っ越してきた奏音。
新しい生活を始めた彼女が
出会ったのはかつての幼馴染たち。
けれど、幼馴染との関係性は昔とは少し変わってしまっていた。
どこか孤独を感じていた奏音の耳に
ふとピアノの音が飛び込んでくる。
誰も寄りつかず、鍵のかかっているはずの旧校舎の音楽室。
そこでピアノを弾いていたのは、隣の席になった芹生誠。
聞いていると泣きたくなるような
ピアノの音に奏音は次第に惹かれていくが——

◉定価：726円（10%税込）　◉イラスト:ふすい　ISBN:978-4-434-33744-4

この作品に対する皆様のご意見・ご感想をお待ちしております。

おハガキ・お手紙は以下の宛先にお送りください。

【宛先】

〒150-6019 東京都渋谷区恵比寿 4-20-3 恵比寿ｶﾞｰﾃﾞﾝﾌﾟﾚｲｽﾀﾜｰ 19F
（株）アルファポリス　書籍感想係

メールフォームでのご意見・ご感想は右のＱＲコードから、
あるいは以下のワードで検索をかけてください。

アルファポリス　書籍の感想　検索

ご感想はこちらから

アルファポリス文庫

さよならまでの7《なの》日《か》間《かん》、ただ君《きみ》を見《み》ていた

東里胡（あずま りこ）

2024年 10月30日初版発行

編　集－矢澤達也・宮田可南子
編集長－太田鉄平
発行者－梶本雄介
発行所－株式会社アルファポリス
〒150-6019 東京都渋谷区恵比寿4-20-3 恵比寿ｶﾞｰﾃﾞﾝﾌﾟﾚｲｽﾀﾜｰ19F
TEL 03-6277-1601（営業）　03-6277-1602（編集）
URL https://www.alphapolis.co.jp/
発売元－株式会社星雲社（共同出版社・流通責任出版社）
〒112-0005 東京都文京区水道1-3-30
TEL 03-3868-3275
装丁イラスト－倉地よね
装丁デザイン－木下佑紀乃＋ベイブリッジ・スタジオ
印刷－中央精版印刷株式会社

価格はカバーに表示されてあります。

落丁乱丁の場合はアルファポリスまでご連絡ください。

送料は小社負担でお取り替えします。


ISBN978-4-434-34654-5 C0193